巴尔扎克的银子

李亚 著

小说篇

天津出版传媒集团

百花文艺出版社

图书在版编目（CIP）数据

巴尔扎克的银子 / 李亚著. -- 天津：百花文艺出版社，2025.3. -- （百花中篇小说丛书）. -- ISBN 978-7-5306-9046-8

Ⅰ. I247.5

中国国家版本馆 CIP 数据核字第 2025KZ1996 号

巴尔扎克的银子
BAERZHAKE DE YINZI

李亚　著

出　版　人：薛印胜　　**选题策划**：汪惠仁
编辑统筹：徐福伟　　**责任编辑**：齐红霞
特约编辑：曾南玉　　**装帧设计**：任　彦
出版发行：百花文艺出版社
地址：天津市和平区西康路 35 号　　**邮编**：300051
电话传真：+86-22-23332651（发行部）
　　　　　　+86-22-23332656（总编室）
　　　　　　+86-22-23332478（邮购部）
网址：http://www.baihuawenyi.com
印刷：山东临沂新华印刷物流集团有限责任公司
开本：700 毫米×980 毫米　　1/32
字数：45 千字
印张：4.25
版次：2025 年 3 月第 1 版
印次：2025 年 3 月第 1 次印刷
定价：36.00 元

如有印装质量问题，请与山东临沂新华印刷物流集团有限责任公司联系调换
地址：山东省临沂市高新技术产业开发区新华路 1 号
电话：(0539)2925886　邮编：276017

李亚 / 作者

安徽亳州谯城人。出版中短篇小说集《幸福
的万花球》《初冬》等四部、长篇小说《流芳
记》《花好月圆》等四部,曾获十月文学奖、《小
说月报》百花奖、《中国作家》鄂尔多斯文学
奖中篇小说奖、鲁彦周文学奖中篇小说奖、
全军文艺"新作品奖"一等奖等奖项。

我舅舅方程先生是个研究巴尔扎克的有名专家，要不是因为和太太闹离婚牵扯了多年的精力，他到现在出版的研究专著恐怕比巴尔扎克的还要广阔。这场离婚事件好像狗吃糖稀拖拖拉拉了好长时间——现在的时间也像吃了假冒伪劣的仙丹一样消逝得飞快，一眨眼七八年了。

　　当然了，现如今世界各地到处都有漫长的离婚事件，从遥远的巴黎和伦敦，到附近的上海和北京，甚至我们这座有着一条大河贯穿其间的小小城市，漫长的离婚事件好像雨季过后森林里的毒蘑菇一样肆意丛生。在宇宙中，在世界上，在我们这座小小城市里，不管离个婚要拖多久，也很少再有人为此心烦意乱，因为现在已经没有几个人会把这件如今在哪儿都是稀松平常的区区小事放在心上。我舅舅脸颊白皙、鼻梁高挺、一对卧蚕眉，他躺在院子里的竹制躺椅上，双手扬起抚摩着油罐子一样光滑的秃顶，眯缝着一双丹凤眼微微奸笑着说，巴尔扎克自从一八三二年二月底接到韩斯卡夫人的第一封信，到一八五〇年三月他们在基辅办好结婚证书，也就是说，仅仅结个婚巴尔扎克这个骚胖子就花了整整十八年时间，喊，我离个婚花上七八年又算个什么！

在穿城而过的大河北岸，这座院子有些年头了，听我舅舅说这座宅院是他祖辈留下的遗产。他说他太爷爷和爷爷都是什么了不起的人物，他父亲又是个什么了不起的人物,等等。到底能有什么了不起的呀,非得挂在嘴边三番五次地叨叨,好像我不知道那些早就跌入历史尘埃的腐朽事情一样。而且,我也早就习惯了我舅舅的鬼话连篇,说起瞎话眼也不眨,即便从来没有发生、在这个世界上也绝对不会发生的事情,要是让我舅舅说起来就好像正在你眼前发生着这件事情。其实,只要试想一下就知道了:一个人要是大半辈子疯疯癫癫研究巴尔扎克,那他嘴里还能有几句真话可信嘛!更何况像我舅舅这么一个恨不得把自己的灵魂与肉体都和巴尔扎克融成一坨的教授先生。院子里有一棵高大的桂花树,花开季节早已过去,微风轻拂,树枝摇曳,斑驳的阳光照得我舅舅睁不开眼睛。空气里残存的桂花香就像根羽毛一样飞旋着拂拭他的鼻翼,他感到鼻腔内黏膜受到刺激,像食肉动物嗅到血腥气息一样,他一连哼哧了一二十下鼻子。我舅舅鼻梁高挺,眼神深邃,宛如古希腊石雕人像……当然了,他年轻时候的那般英俊相貌如今已躺尸在他的影集里了。现在,我的教授舅舅油性头发谢顶严重,几乎算得上半颗明晃晃的秃头了,加之随着年龄增长人人难以避免的生理变化,他那双丹凤眼下边还涌上来小小的两泡眼袋,好像狂妄的麦粒肿不甘心地潜伏在那儿等待时机。尤其在魏武广场观看那群粗胳膊、粗腿、线条彻底消失了的大妈和奶奶跳舞他微微坏笑时,两泡囊肿般的眼袋突然增大,活像青蛙鸣叫时鼓起的两个气囊。还有,我舅舅原本清澈深邃的眼神自从离婚事件开始也逐渐变得暧昧和茫然,高挺的鼻梁也因皮肤起皱生满斑点而显得有些鬼气和狰狞。当然了,这些算不得什么,这些变化一点也没有影响我舅舅的昂扬心态。我们这座小小城市以聚集和流通中草药闻名世界,我就是其中的一个药贩子,因此我有闲有钱又经常无聊至极,所以隔三岔五请我舅舅这个孤独的光头吃吃喝喝,顺便听他讲讲有关巴尔扎克的无厘头趣事。我最爱请我舅舅到"水中央"大排档吃刚捕上来的刀鱼。这种鱼自古以来就是我们这座小城的特产名吃,尤其在春末夏初之际肉质异常鲜美。我舅舅不仅喜欢吃当鲜的刀鱼,还喜欢那个给他上刀鱼的服务员小姑娘粉妮。粉妮是个混血儿,她的眼珠子蓝莹莹的好似波斯猫眼。我舅舅把粉妮叫作波莉娜,每次刚坐下他就会抻着脖子大声呼唤，波莉娜——来杯扎啤！波莉娜——来份刀鱼呀！被他唤作波莉娜的粉妮就会快速把一扎啤酒和一份刀鱼给他端上来，然后，咬着下唇，蓝眼睛好像意味深长地给我舅舅眨一下再眨一下，然后带着几分嗔怪的意味扭着细长的腰肢走掉了。我舅舅很喜欢粉妮这副怪怪的样子。我舅舅还喜欢到"庄稼地"餐馆吃刚宰的地锅鸡，因为除了地锅鸡之外他还特别喜欢那个丰腴的服务员苏红，我们每次一坐下，丰腴的苏红就会拿着菜单快步过来站在我舅舅腿边请他点菜。苏红不是本地人，她好像是苏北的还是陕北的，也许是湖北川北的，我也搞不清楚，我舅舅也搞不清楚，但我们都知道她三十六岁了。苏红丰腴且白皙，一搭话就笑，两片厚嘴唇一笑显得特别性感。我舅舅特别喜欢点完菜之后她说的那句话:哥哥稍等,马上就妥了!苏红把"妥"字说成"脱"字,这个看似微不足道的口音小差异每次都让我舅舅特别亢奋。总之,不管吃刀鱼还是吃地锅鸡,他老人家都是兴奋地大吃大喝大声说笑,更要命的是喝了三五扎啤酒之后,他都要双手轮流抚摩着油光光的头顶大声地告诉我,他今早晨勃持续时长比昨天多了四分钟或者十五分钟。我舅舅根本不在意邻座男女食客装模作样地斜过来充满惊讶和厌憎的目光,他照旧大声宣称在这一点上他比巴尔扎克厉害多了,尽管巴尔扎克还没到他这个年龄就跷脚去那边了。那个骚胖子年轻时就不太行,从乔治·桑给她的小情人桑多的书信和本人的自传里都可以推测出巴尔扎克年轻时候就不太行。我舅舅那光秃秃的脑袋里不仅装满了巴尔扎克的趣事,还经常阵发性地突如其来地生出一些莫名其妙的想法和念头。就像,他有两三次严肃地要求我在某些场合下,尤其是在漂亮女人多的场合,一定要称呼他方教授或者方先生,我一直都没有弄清楚到底为什么。因为我从小到大一直和我舅舅耳鬓厮磨,就像多年父子赛兄弟一样,不管是意识里还是在实际生活中,早就没有了甥舅之分。哦,但有一点我不得不承认:我舅舅方程先生确实是城南那所不怎么样的大学的中文系教授。

方先生,哦,方教授的太太也就是我舅妈,她老人家艺名叫金妞,她在我们市二夹弦剧团演出时海报上用的就是这个艺名。海报上我舅妈的扮相光艳照人美不胜收,经常有一些老态龙钟的戏迷拄着拐棍儿或乘坐轮椅在海报下流连忘返,像婴幼儿一样淋漓的口水将胸前衣服打湿了一大片。亲戚、朋友、同事包括她老爹,出于对这位名旦的敬重,大都称呼她这个艺名。其实人人都知道我舅妈姓马,当年她老爹是剧团的马老团长——我曾经偶遇过几次那位头顶之毛发早就颠沛流离而边缘只剩几撮白发的戏疯子,他整体形象活像虽在脱毛时期却依然顾盼自雄的老公鸡;他酷爱越调大师申凤梅的扮相和唱腔,所以在我舅妈呱呱坠地还没出产房,这位老疯子就立即将其命名为马小梅。其中的冀望是可想而知的,其中的妄想也是显而易见的,因为大师申凤梅是不世出的越调天才,早就是无可争议的。当年与现在情况不大相同,从北京那所有名的戏曲学院毕业回到我们小城之后到剧团上班之前,总会有一段空闲时间,马小梅趁时间宽裕,孤身前往她魂牵梦绕的新疆旅游了一趟,神奇的是,她在乌鲁木齐大街上买馕吃时,竟然偶遇了三毛和王洛宾在人行道上散步!要知道当时正是三毛在全中国风靡一时的时候。我舅妈痴迷地目视着他们相挽着缓缓行走,叼在嘴里的右手食指差一点给咬掉一节,可见她心海中巨轮猛然疾驶冲荡起滔天的波浪。回到我们这座小城的当天下午,马小梅就自作主张把名字改成了马三毛。

　　这件逸事,是我舅舅在离婚事件开始前后但凡见到几个重要亲友就要絮叨的开场白。他说这段开场白时一脸虚伪的严肃和做作的沉着，基本上能收到亲友们笑绝于地的效果。接着我舅舅又摆出一脸无可奈何的苦笑，自责当年就是轻信了我舅妈这个瞎话篓子的一番鬼话才胡乱和她结婚的。她那时候不过就是二夹弦剧团的一个小小演员，我可是马上就要升为副教授的大学青年教师。我舅舅一边慢悠悠地演说，一边装模作样地绕室踱步，好像乌鹊南飞绕树三匝。他停下步子后一脸幸灾乐祸，接着活灵活现地讲述我舅妈在更改名字时和户籍警马茂谡发生了冲突。马茂谡是我舅舅的一个街坊，当年他不仅是个称职的户籍警，业余时间里还是个二夹弦酷爱者，而且也是个有几分道行的老牌票友，他和许多票友切磋唱腔时无数次声称此生宏愿就是在四十岁之前能和剧团的二夹弦名家马团长合作一出《斩马谡》。我舅妈要求改名字时,这个想演被砍头角色的户籍警左右非要她征求一下马团长的意见,由此可见这个"戏中死鬼"对马老团长还是相当了解和尊重的。我舅妈脾气暴烈性格古怪,不管我们男人还是她们女人,这个世界上凡是正常人,就没有几个能受得了她的,这也是亲朋好友同学同事大家伙的共识。按户籍警马茂谡的行话术语说,就是我舅妈出言不逊和他发生了肢体冲突等同袭警,罪行严重。但按照我舅舅的话说就是我舅妈把马茂谡那张牛舌头烧饼一样的长脸挠得跟鹰搂的一样。我舅舅说,终于改成了名字的马三毛女士,十个指甲里塞满了细长的肉丝,多一根也不要,只要买三根蒜薹就可以炒一大盘子肉丝蒜薹了。

我的教授舅舅说完这句话差点笑断气。

这自然是我舅舅和我舅妈谈恋爱之前的事情。

无论何时何地，我舅舅一旦说起他和我舅妈谈恋爱的事情一定会下意识地展露出骄傲的形态，他的胸部会咔嗒一声挺得像健美运动员一样雄壮，一对浪兮兮的眯缝眼里露出缕缕浪漫和绵延不绝的浓烈色情。偶遇三毛和王洛宾这件莫须有的事情让我舅妈差一点成了演说家，从新疆回来后到剧团上班前的那几天空暇时间里，我舅妈在任何场合都要演说她的奇遇，而且一次比一次说得详细，一次比一次说得逼真，在剧团，在图书馆，在电影院，在商场和菜市场，在行人熙攘的大街上。没有人疑问什么,也没有人要看看她和他们的合影,因为在那时候还没流行见到明星名人蜂拥合影的习惯。有一次我舅妈总结说,还是在校园里演说效果最好。当然,她做这个总结时正和我舅舅新婚宴尔,距离和我舅舅产生严重的冲突还有一段相当漫长的岁月,更谈不上势同水火非要离婚了。那时候亲友走动抑或聚餐,我舅妈总是大肆畅谈这件让她引以为终生自豪的奇遇,而我们这些亲戚总是热切地用羡慕的目光缠绕着她。尤其是我们这些头脑简单的晚辈几乎都不知道该怎样崇拜她才好。我们艳羡的嘴脸就跟那些围着听她演说的大学生的嘴脸一模一样。那次,我舅妈把波浪形披肩长发扮成三毛那样的懒散发型,还花了不少时间特意找了两缕紫花格子布条,在两耳边扎了两撮松松垮垮的长发垂在肩头。她演讲到三毛和王洛宾缓缓行走的样子时,在学生中张望了好几眼想找一个可以当作王洛宾的男生。恰好,当时我舅舅也在听众之中。那时候我舅舅虽然还没有修炼成一个教授的模样,但他是学院最优秀最英俊的青年教师,而且马上就要晋升为副教授了,用现在的话说,他简直就是自带超级流量生意劲爆,选修他的课的学生得提前两个小时自带小凳子抢座位,然后坐在那儿全神贯注听他津津有味讲巴尔扎克及其朋友们的故事。我舅舅年轻时就知道自己相貌堂堂,他家里有好几本影集可以证明他这点自信还是相当可靠的。那时候的相片都是胶卷冲洗出来,还不存在欺骗性超强的修图软件,这种软件可以把丑陋的猪八戒变成英俊的唐三藏,形形色色大上其当的外貌协会会员车载斗量,造成了多少人间悲剧的案件,教训惨痛。我舅舅年轻时不修边幅,留着乌黑发光、软硬适中的胡须。这黑得闪光的胡须使他的脸颊更加白皙,鼻梁更加挺拔,还大大增加了他目光深邃的魅力。有了这锦上添花的胡须,我舅舅穿多么高级的衣服也显不出高级来,甚至都没人会注意他是否穿了衣服。我舅舅站在凝神屏气、侧耳谛听的学生中间,他腋下还夹着一本一九七八年三月一版一印的《幻灭》,这部伟大的名著虽然品相沧桑,但让我舅舅从千万个英俊青年中脱颖而出。我舅妈,哦,那会儿她刚刚启用崭新的名字马三毛……马三毛的目光一下子焊住了我舅舅,就像一只梅花鹿走向一株灵芝草一样,她径直走向他,然后就像老朋友一样挽起他的胳膊模仿三毛挽着王洛宾信步走了起来。是的,他们信步走了起来,并且一直走向了远方。

我舅舅方程教授醉醺醺地说,当时并不是我舅妈演讲的那场充满谎言的奇遇吸引了他,而是我舅妈那光芒璀璨的线条让他一时举步维艰。我对此深信不疑。因为当时我舅舅正是青春勃发的年龄,他火辣辣的目光永远只停留在女性的胸部和臀部,就同现在一个样子一个德行。目前我舅舅五十多岁了,虽然他已经拥有一颗油光闪闪快要秃利索的头颅,还有了正在逐渐发达的眼袋,但凡在任何场合遇到胸部挺拔、臀部丰隆的女性,他的目光就像花海中该死的蜜蜂一样上下翻飞流连忘返。

那群沉浸在三毛和王洛宾散步情景中的大学生眼睁睁看着我舅妈挽着我舅舅缓缓走出了校园。出了校门，我舅舅和我舅妈再也看不见大街上车水马龙的情景，也听不见街边小贩吆喝的嘈杂声。他们就这样旁若无人，沿着希夷大道一直向北漫步，一直步行了十一点六公里到了穿城而过的大河边，过灵津渡大桥时他们已经手拉手了，之后他们一直沿着北岸向西行走。这个路线正是通往我舅舅家那座院子的路线。那时候大河两岸刚刚开始修建美化河岸的公园，工地上坑坑洼洼、机器轰鸣，穿着海魂衫似的蓝白相间工作服的工人们像斑马一样穿梭往来施工。我舅舅和我舅妈就像两只迷路的小兔子，躲躲闪闪蹦蹦跳跳，好像不知不觉似的来到了我舅舅家的大门口。如果到这儿我舅舅或者我舅妈及时清醒过来,他们可能就会拥有各自的故事,后来也不可能进入漫长得煞费苦心的离婚拉锯战。但是,我舅舅说,所谓不知不觉的说法大都是骗人的,是因为暴雨积月河水超过了临界点,危在旦夕之际那就只有开闸泄洪了。我舅舅打开了大门就等于打开了闸门,暴涨的河水一泻千里。那天我姥爷带着我姥姥去南湖亲戚家打麻将去了,那段时间他们两个老人牌运奇好天天赢钱,迷恋麻将几乎废寝忘食。我母亲那时候还是个上夜班的小护士,正在家睡觉,我舅舅倾尽所有给了她一百三十六块钱,小护士兴高采烈地上街买她几天前就看好的那条兰花镶边的裙子去了……我舅舅就是这样厚颜无耻地完成了短暂的爱情,十分勇敢并且十分顺利地到达了爱情的终点——第二天他们就去办了结婚证。我的秃头舅舅说，巴尔扎克花了漫长的十八年才办了结婚证，我都没超过四十八小时。当然喽，年轻时不懂得真正的爱情必须经过时间检验的，我这场婚姻，惭愧之至，搞得有些仓促了。以后在回忆录里我一定要澄清这件事，一定要写清楚我就是这样被马三毛这只花狐狸"诱奸"了。

平心而论，作为晚辈，刚开始时我也觉得我舅舅和我舅妈的爱情，简直比现在的爱情、比我的爱情要朴实得多要直接得多，而且充满了强烈并容易诱人模仿的性吸引力。但一想到我舅舅是个研究巴尔扎克的专家，我就不能不对他们这样的爱情疑虑重重，因为我舅舅在给人说事的时候，经常把巴尔扎克书里的事情当作自己的亲身经历来讲，他拿人打比方或做例子也总是信口使用巴尔扎克小说中的人物，什么瓦莱丽什么于洛元帅，还有波丽娜、拉法埃尔等，因此，很多人和他说话闲聊时不时就会如坠五里云雾之中。我舅妈深知这一点，她经常在我们这些晚辈面前不假掩饰地训斥和挖苦我舅舅，方大教授，请你自己掂量一下好不好？千万不要把巴尔扎克伟大的命运和你的狗屎命运混为一谈！我舅舅吊梢眉蹙成一团，不假思索地接了一句：我的命运有狗屎那么糟糕吗？

不管怎样衡量我都要说句实话，我舅舅的命运要比巴尔扎克的命运略胜一筹，至少他身为高级的教育工作者有着固定而且优厚的经济来源，根本不必像胖子巴尔扎克那样天天用那个粗棍子把债主顶在门外，自己躲在屋里写什么鸟小说还债，还得为了扛住睡意多写一小段而大喝特喝又苦又浓的咖啡，而且还要在座椅与厕所之间穿梭飞奔，一泡接一泡地排泄褐色的混浊尿液，搞得房间里弥漫着一股浓雾般的臊臭气味，导致乔治·桑带着她的"小鲜肉"桑多一进屋就大声地抱怨。乔治·桑肥胖的身躯导致嗓门粗哑，震得我舅舅心惊肉跳，更不必说眼看着桑多用委婉的眼神央求乔治·桑，道，好心肝儿快点闪了。我舅舅为了留住乔治·桑欣赏他刚写的情节，不得不友好地对桑多说，小朋友，咱们还是先从梦幻般的臊味中醒过来吧，尽快回到现实生活中，来，我们首先谈一谈欧也妮·葛朗台这个人物。

这些既脱离现实生活又乌七八糟的事情，都是我陪我舅舅在吃肉喝酒的馆子里或者在大河北岸散步后坐在长椅上歇腿时，他讲给我听的。与巴尔扎克相比，我舅舅从来没有这类无聊事情的纠缠。与巴尔扎克相比，我舅舅还拥有了好长一段无可置疑的美满婚姻，拥有过无数次花样翻新、不计后果、美不胜收的夫妻生活，还拥有了一个像他年轻时一样帅不拉叽的儿子，尽管他后来多次拉长驴脸说马三毛心怀叵测给他生了一个儿子就等于给他埋下了一颗隐形炸弹。如果这些都不算我舅舅的命运比巴尔扎克的命运要好很多的话，那么，好多年来他都是免费欣赏一位顶尖级二夹弦艺术家绝美的唱腔，那可绝对是巴尔扎克从未有过的享受。我舅舅也承认这一点，因为不管现在有没有，但可以肯定在巴尔扎克时代，巴黎绝对没有二夹弦。巴尔扎克应雨果之邀观看那部又臭又长的戏剧《克伦威尔》时，戏才开始一会儿，也就是那个保王派分子罗切斯特伯爵刚刚说到，高兴抑或悲伤，美或丑，黑头发或者金黄色头发，这一切，我一概看不见，我只看到一个女人，而且，自从见到她之后，大人，我的灵魂都疯狂了！台上那位伯爵的灵魂疯狂了，台下包厢里的巴尔扎克的肉体睡着了，他下巴抵在胸口上，一边流口水一边打呼噜。因为是个胖子，所以他的口水特别多呼噜特别响亮，这让满头银发的老雨果恼羞成怒，他吩咐当时他的忠实粉丝忠实信徒，哦，就是后来勾引他那又年轻又艳丽的好太太的那个丑八怪戈蒂耶……为了给令人敬重的大师雨果撑场子，当时在巴黎文坛稍具批评盛名的戈蒂耶穿着整个巴黎都没见过的鳄鱼血一样艳红的皮马甲，还留着猫头鹰一样的古怪发型，这个丑汉子上前粗鲁地拍打巴尔扎克几巴掌，巴尔扎克惊醒后赶紧站了起来，大家都以为他肯定要上前给大师老雨果鞠躬致歉，结果这个鲁莽的胖子一溜烟地跑到洗手间尿泡长尿之后溜号了。我舅舅说到这儿，自己笑得像一只发情时轻易得了手的大鹅一样，忽然又卡住笑声，纠正道，对了，勾引雨果太太的那个丑八怪叫作圣伯夫，也是当时法国文坛上比较有尿性的批评家，只是他经常尿湿自己的鞋子和裤门。戈蒂耶相貌还是很英俊的。

必须凭良心说一句话，有很长一段时间我舅舅也是我舅妈的铁杆粉丝和最忠实的信徒。我舅妈每场演出我舅舅总是第一个到场，他心有仗恃目中无人总是坐在第一排正中间那个最好的位置，不管是剧团请来的市领导或是主管剧团的部长局长，还是手握戏票的尊贵观众，谁都别想撼动他的座位。我舅舅西装革履正襟危坐，皮鞋纤尘不染，头发纹丝不乱，又白又丰润的手指上戴着那枚祖传的绿宝石戒指——这枚昂贵的戒指不久就被我舅妈霸占了，她到珠宝店捣弄一下之后几乎天天戴在自己手指上——满脸高深莫测的神情，衣袋里还插着一枝带着三片新鲜叶子和无数小刺的黄玫瑰。他那副样子产生了强大的气场，弄得连熟人都有点脑袋发晕犹疑着不敢上前相认，生人更是猜测这老帅哥准是个有钱有势有相当背景的大佬。直到在谢幕时我舅舅风度翩翩走上戏台把黄玫瑰献给我舅妈，大家才露出恍然大悟的傻瓜嘴脸。我舅舅每次说到这儿就会站起来一边转圈一边拍打屁股，笑得活像性交之后被母猫疯狂追咬的胖公猫。后来，只要我舅妈演出，剧场经理老汪那个软包只好结结巴巴地将那个座位留给了我舅舅。再后来，因为离婚事件拖拉了很长时间，在没有亲眼见到离婚证之前，只要我舅妈演出，狡诈而又市侩的软包老汪总是将第一排中间那个座位一直空着，满场座无虚席只一座空着，十分显眼蹊跷令人遐想，好像既喜欢看戏又喜欢刺激生活的奥匈帝国皇帝去塔克拉玛干沙漠探险走失了，在没有找到尸体之前，他的御座就没有哪个无理屁股敢坐一下。在如今这么公平合理、安全节能的时代，我作为一个药商实在反感这种毫无意义的浪费。我觉得我舅舅这种行为简直就是遭人唾弃的无赖和恶霸行径，有点类似前一段时间流行的街头碰瓷和某个阶段几个霸权主义国家的种种制裁，让人愤怒又厌恶。

讲真，我舅妈能成为我们市二夹弦剧团的台柱子，有一半是她那戏疯子老爹马老团长悉心培养的结果，还有一半是由于我舅妈本身就有着神赐的戏剧天赋。按照我舅舅的说法就是老天爷赏马小梅、马三毛、金妞这个混账女人吃这口饭。我舅舅一口气称呼我舅妈三个名字是在离婚事件发生之后，由此可见我舅舅气急败坏到了何种程度。以前我舅舅说什么事都要把巴尔扎克扯进来，离婚这个事件开始之后，他再说什么事都会把老天爷扯进来——由此也可以看出，巴尔扎克和老天爷在我舅舅方程教授的心目中享有同等地位。我舅妈艺名金妞，她演出的《穆桂英大破天门阵》和《樊梨花征西》，还有《花木兰从军》这些大开大合、波澜壮阔、激昂高亢的武戏，常常把观众煽动得热血沸腾，几乎场场连着谢幕五六次都结束不了。这些都是我舅舅亲眼所见好多次的，也是我亲眼所见好多次的。在这样令人振奋的日子里，我舅舅和我舅妈自然也沉浸在亢奋之中。他们庆祝演出成功的方式激烈奔放而又千篇一律，无非就像发情期的雌雄鲤鱼在水草中疯狂地摇摆尾部，将一股股肥硕的卵排泄在混浊的河水里,而且不管生死任由河鳖虾蟹吃掉它们。这是我舅舅和我舅妈的幸福时刻。我猜想这样的时刻肯定就像铁钉一样深深地钉在我舅舅的心灵深处,有好几次他酒后说起这些应该绝对隐秘的事情时,两只眼睛好似在熊熊烈焰中团团转的钢球一样放射着骇人的光芒。

我舅舅说,马小梅或者马三毛或者咱们大家称之为的金妞,她不光能把一些武戏唱得满堂喝彩,她唱哭戏时也能唱得听众在座位上哭成一团烂泥直不起腰来。比如《陈三两爬堂》和《秦雪梅吊孝》,还有《汉宫秋》和《清风亭上》等一些悲情戏。在凄凉悲伤的琴弦之中,我舅妈那副装扮那副神态那副步态上了戏台方才慢慢移动,举手投足之间,大部分观众就浑身一个激灵,心情莫名其妙地骤变为低沉压抑悲伤欲绝,好像我舅妈一旦开口就会宣告他们的亲爹亲娘即将离世一样。我舅舅第一次听我舅妈唱的那出悲情戏是《秦雪梅吊孝》,尽管这出戏得先唱一会儿才能到悲伤情境,但是,在缓慢凄苦而又悲凉的琴弦声中,我舅妈一出场那副状态就让我舅舅陡然间产生了这样的感觉。我舅舅说,就似好大一桶泡着铁蒺藜的井拔凉水缓缓地一股大一股小地从头顶浇下来。我舅舅的两只眼睛不由自主变成了少关了一丝的水龙头滴滴答答滴滴答答,他还忍不住响起断断续续起起伏伏的抽噎声。接着,全剧场观众就像汽油遇到一个微小火星一样轰地一下大放悲声起来。若不是剧场工作人员经验丰富,手持扩音器进行有效的劝慰和引导,这一出戏很难再接着演下去。我舅舅擦去脸颊上的一串子泪珠,有些冲动地先把酒杯倒得满满的,接着咳了一声总结说,悲剧的力量天下无敌,众人大笑震惊鱼鳖鼋鼍,众人大哭震撼神鬼灵魂。来,李四老弟,咱哥儿两个俗人干一个。每次第三杯或者第四杯啤酒下肚,我舅舅就会天马行空地将亲情伦理和教授先生的尊严抛掷九霄云外。

我们哥们儿砰的一声干了一个满的。

就像倾听那些欢欣鼓舞的武戏一样,我也现场听过我舅妈的悲情戏,我听的那出戏也是《秦雪梅吊孝》。不得不承认,像我这样一个没心没肺的药商,一个整天在荆棘缠绕的酒场上和人精堆里行走定是不学无术的药贩子,都能感受到我舅妈唱悲情戏时她的声音有着异常悲凉的穿透力,就像一把冰凉的利刃缓缓划开皮肤后执着而有力地直刺心脏,就像天河彼岸的织女泪流满面悲切切呼唤担着一双儿女的牛郎,就像希腊神话里那个人首鸟身的塞壬在暗夜里孤寂的大海上歌唱低迷的歌曲,那种天籁般的声音有着强烈的但凡活人都难以抵抗的类似极端妩媚一样的悲伤。我这样向我的女人卖弄因长期受我舅舅熏陶而得来的一点艺术感受时,我女人眨巴着眼睛说,为什么呀?到底咋回事嘛?李四!我女人名叫潘晓莲,但婚后我一直坚持叫她潘金莲,因为她有着一双因为时刻放射着愚昧之光方才显得特别好看的细眯眼。

我舅妈在演出类似《秦雪梅吊孝》这种风格的悲情戏时,除了几次谢幕时她还能强作欢颜,在接下来的很长一段时间里,她都无法从戏里拔出身来,两个礼拜甚至两个月更甚者两年也是有可能的,我舅妈都是深陷在那种悲凉愁苦的情绪里。在日常生活中,我舅舅的一句话、一个举动,哪怕多吃了一个草莓,都会触发我舅妈濒临绝境的悲伤情绪,她会一下子毫无节制地放声大哭,哭得声情并茂,就像真的一模一样。我舅舅说,我×!就像真的一样。我舅舅说这时候他既不敢放个屁也不敢在屋里随便走动,他只有坐在自己书房窗前读读巴尔扎克。外边淅沥沥地下着小雨,我舅舅读到了因为吕西安的混账老爹花钱大手大脚又借高利贷,终于把大卫和夏娃苦苦经营的印刷所抵押给另一个诡计多端的印刷商,那个坏人叫他妈什么名字来着? 大卫和夏娃是吕西安的妹夫和妹妹。之后,这对相亲相爱的苦命人离开印刷所走到路边,善良高尚的大卫为了宽慰美丽纯洁的夏娃说自己的发明一旦成功了他们就会过上好日子,夏娃感动地握住大卫的手亲吻,巴尔扎克写道:这一刹那是最甜蜜的时间,仿佛在贫穷潦倒的荒凉的路边上,或是在万丈深渊之下,忽然出现几朵象征爱情的玫瑰。尽管这个段落我舅舅读过无数遍了,但他仍像第一次把这段读完那样,心情像铅块一样又沉重又悲凉地长出了一口气,无意间看到雨中宽大的窗玻璃上有一只孤独的蜗牛驻足在上面。听到我舅妈由不住声的哭泣变成了间断的哭泣,我舅舅就知道他的太太,那个在卧室里无法辨别是在戏中哭泣还是在现实生活中哭泣的女人,正在从自我沦陷的悲伤中走出来,她保准又在摆弄和赏玩自己收藏的那些小玩意儿——小小的古老画片、一匣子玻璃耳坠和琉璃珠子、形状变态的各色核桃,还有碎碟制作的憨态可掬的佛头,还有各种形状的小石子以及印有语录包着各种塑料壳的笔记本。那些有可能在时间里在宇宙中有过复杂经历的小玩意儿,会让我舅妈的情绪慢慢平静下来,然后,她再一件一件有条不紊地将这些小玩意儿归回原来的小匣子里……这时候,我舅妈轻轻推开房门,好像终于从噩梦中醒来一样,满脸都是类似起死回生喜极而泣的表情,她笑吟吟地对我舅舅说,方大教授,咱们去"庄稼地"那里吃地锅鸡吧。

最初我舅妈演完悲情戏仍然陷入悲伤情绪里

无法自拔时,事情远远不是吃顿地锅鸡就能平稳过渡的。在我舅舅的著作里,他多次做出相当极端的判断,他认为巴尔扎克的作品没有悲剧喜剧之分,只有恶人和善人,而恶人和善人的优劣人性和善恶本质基本上是通过万恶之源的金钱展现的。我虽然只是一个不学无术的药贩子,但坚信半辈子都在研究巴尔扎克的专家——我舅舅的这个判断应该是准确的。只是,他不该像我舅妈一样把戏台和现实生活混淆一起,也就是说,他不该把对巴尔扎克如此清晰的判断力融化在自己的日常生活中——平时一直自诩思想意识高度敏感的我舅舅武断地认为,无论喜剧悲剧只要演出成功他都要表示祝贺,而且他相当顽固执着地采取千篇一律的那种下流方式。结果,事情办砸了,我舅妈不仅多次拒绝了他的无耻要求,而且终于有一次对他那进一步更下流的行为给予强烈反抗和更严厉的回击。

已经是午夜了,我母亲已经是第 N 次隔着门不耐烦地咳嗽,提示我和潘金莲该关上手机和电脑睡觉了,因为当时我和潘金莲正在用手机和电脑联网玩一种抢劫银行的游戏。我母亲当然知道我们玩的这个游戏,因此这位护士长最后一次咳嗽时恶狠狠地嚷了一嗓子,有种真刀真枪真去抢呀,玩个破游戏还好意思这么上瘾!这个时候,门铃丢了魂一样尖叫起来。因为游戏逼真而浓烈的氛围搞得我和潘金莲吓了一大跳,我们面面相觑了一刻钟,接着我去开门时潘金莲还快步冲进厨房把那把剁排骨的厚背砍刀拿了出来,结果开了门才发现是我舅舅。

我舅舅当时形象极其狼狈不堪令人不忍描述,反正与他无论何时到哪儿去即便到至亲家里也要注重仪表的一贯作风大相径庭。首先是我舅舅的头颅看样子遭到了无情的蹂躏,平时十分讲究的发型狼藉一片,好像被几个粗鲁的农妇薅了毛的绵羊。他表情复杂,满脸惊恐和愤怒,眼睛里还有着庆幸与轻蔑。我母亲好心好意地轻声问了一句:二哥,你的领带呢?这句话简直是用剪刀戳了我舅舅心口一下,我舅舅中刀似的捂着胸口坐了下来。我母亲根据自己掌握的医学知识赶紧倒了一小杯牛奶递给他,那意思就是让他借此尽快平静下来。我舅舅没有喝牛奶,他一边从容不迫地脱着带有 GUCCI 标志的名牌衬衫,一边吩咐我母亲快把家庭必备的药箱拿过来。说着话，他将那件价值九千七百块的衬衣脱了下来，老天爷呀——是不是很贵？是有点贵，但全世界这种牌子的衬衫都是这么贵——我舅舅的前胸后背好像被疯狗咬伤的几只老母鸡抓挠的一样伤痕累累，好像电影里被恶毒又凶狠的军统特务刑讯过的。要不是顾及我母亲和潘金莲两个女性也在现场，我会毫不犹豫地要求和我赛兄弟的亲舅舅脱光屁股，让我打开手机上的手电筒仔细查看一下他那个令他自豪的关键器官是不是也受到了严重的伤害。

我母亲趁机展示了她作为一个医护人员的特长，她用棉签一道子碘酒一道子紫药水把我舅舅整个上身涂得活像斑马一样。我母亲将这个家用医疗箱带回家时就给我们普及过,碘酒学名叫作碘酊,紫药水在他们医院有个别医生将之简称为甲紫,其实它的学名叫作龙胆紫。看着我舅舅那副极其另类的样子,我和潘金莲两个人面面相觑,实在拿不准在当前的形势下我们是不是可以小小地笑上一两声。无论碘酊还是龙胆紫,都不过只能起到防止皮肤感染和为局部创面消毒杀菌的作用,可是用在我舅舅身上却起到了令人惊骇的作用。我舅舅拿起他那件昂贵的衬衫本想穿上,可一瞥前胸后背涂满了甲紫和碘酊,他只好光着脊梁坐在那儿端起那杯牛奶一饮而尽,不想牛奶和龙胆紫、碘酊发生化学作用,我舅舅双手拍打着膝盖叫嚷了起来,过日子过日子就是要╳嘛,不和我过夫妻生活还过个鸟日子!巴尔扎克及其亲朋好友包括他笔下的所有人物都没有遭过这样的洋罪。这日子没法过了，我要和马小梅马三毛金妞这个女人离婚！从那天起，我舅舅说起我舅妈就会飞动异样的情绪——愤恨、唾弃、嘲笑、恼怒、鄙夷以及自己的扬扬得意，他表达这些复杂情绪的方式就是一口气叫出我舅妈的三个名字。我母亲和我们两口子被我舅舅这种粗暴下流的叫嚷焊在原地半点动弹不得。我爹爹注重养生一直坚持早睡早起的好习惯，此刻，这个脸色红润好似优质龙虾的老家伙被惊扰得先是在自己屋里嚷了一嗓子，继而穿着蓝道子黄地短裤和洁白的背心出来了，他眼角上有两大疙瘩恶心人的眼屎，一见眼前情景，本来一脸恼怒，瞬间按照惊诧、欢喜、疑惑、恍然大悟的顺序，最终转变为戏谑,这位烟草公司的副总龇着烟渍斑斑的牙齿稀里糊涂地问道,二哥,多少钱一张票?

　　有好多人说我们这座小小城市比不上巴黎和伦敦,也比不上北京和上海,但这些比狗屁还要臭的对比对我们来说毫无意义,一点也不影响我们小城里照样拥有了一个高档次的读书会。这个读书活动是由市宣传部门倡导市文化馆主办的,以集中交流多读书读好书为前提,以帮助市民提高素质增进城市文明为目的。前提和目的都很明确,所以每月一次的读书交流活动都搞得如火如荼。读书会成员相当复杂,除了我舅舅这样好歹也算高级知识分子的教授先生,还有相当辛苦的环卫队伍中年过半百的女组长、电视台的男女主持、牛肉馍店的老板、书记和市长的"二秘"或者"三秘"、盖盛祥超市牛羊肉专柜售货员齐姜大嫂，以及文旅局女干部李瓶，还有我们市电视台大力宣传过的那个叫什么来着的非遗传承人，这老头儿就是个篾匠，长相和打扮好似印刷品上的神医华佗，还包括我们市最大的汽车经销商方全先生，也就是我舅舅方程教授的哥哥，大概也可以算作我的大舅，我们甥舅之间也就是点头之交，因为我和这位土财主舅舅的人生观和价值观等等根本都尿不到一个壶里。

这群人读书种类繁杂可谓万紫千红百花齐放——文史哲、自然科学，还有数学、医学、《周易》和风水麻衣神相之类的玩意儿。这一大群男女会员各个自诩为精神贵族，自认为他们有能力有必要帮着普通市民提高素质。尽管他们言谈举止彬彬有礼,但他们说话的腔调和看人的眼神将他们心里那种高高在上的傲慢劲头暴露无遗。有时候我总是忍不住骂一句"真他妈伪君子"。有一次瓢泼大雨我舅舅方程教授让我开车去接他,所以我有幸现场体验了一下,在我这个不学无术的药贩子看来,这群自命不凡、自以为是的男女会员虽说年龄大大小小,但综合起来都是伪君子,都不是他妈什么好鸟。我舅舅方程教授也是这样认为的,我们这对臭味相投的甥舅二人在饮酒作乐时多次交流过这种看法,这种统一的看法让我们甥舅再次变成哥们儿,多喝好几扎啤酒。所以没有多久,这个读书会对我舅舅方程教授来说就好似鸡肋了。我舅舅邪火一上来就刻毒挖苦这个读书会,但他终是碍于会长大牛的情面无法辞掉副会长这个既狐假虎威又非骡子非马的鸟职务。读书会的主持人经常是会长大牛,他本是我们市文化馆的一位副馆长,也是我舅舅小学中学高中的同学。我舅舅说大牛小时候鼻涕邋遢又爱发烧肿疖腮的样子我没见过,我见过的大牛已经是副馆长了,镶了一颗金牙,戴一副金丝边眼镜,打着一条猩红领带没有领带夹。这个活动刚搞了两期,大牛就给我舅舅打电话,异常激动地转述了会员们想请我舅舅在本月活动中主讲巴尔扎克的强烈愿望,表达了他本人对我舅舅研究巴尔扎克如此深入取得的成就好似硕果累累的万分仰慕,他殷切希望我舅舅这样的著名学者和教授能在他主持的这个读书活动中发挥巨大作用,最后衷心祝愿本月我舅舅这场演讲圆满成功。舌灿莲花的笑面虎大牛副馆长这一番阿谀言词是不是经过精心准备的我不知道，但这一通谀辞好似给我舅舅注射了一剂高强度、令人亢奋的化学药剂，他花了两天两夜的宝贵时间准备讲稿，那状态比给学生备课还要亢奋，在撰写讲稿的这么长时间里他的牛牛一直保持着昂扬的战斗姿态——这个，我舅舅司空见惯甚是不以为意，因为他一旦撰写有关巴尔扎克的文章，巴尔扎克及其笔下的千奇百怪的人物，甚至一条在街边游荡的小脏狗都会化作令人亢奋的化学药剂进入他的思想和血液里。

我舅舅以《驴皮记》为刀锋割开了他演讲的帷幕。

研究巴尔扎克的著名专家大学教授我舅舅方程先生认为，不管前边写了多少书，《驴皮记》才是巴尔扎克写作风格和文学品质走向成熟的转型之作。这本书的诞生直接将巴尔扎克推向了这个狂妄胖子早就大流涎水的大师行列。那张满足你一个愿望就会缩小一圈的驴皮，几乎成了人类欲望有多大对人类希望危害就有多大的坚实象征。在《驴皮记》中出现的几个看似影子一样微不足道的小角色，在他以后的数部杰作中也都出现过，有的还成了重要角色。比如拉斯蒂涅在《驴皮记》里不过就是个一闪而过的影子，就像希区柯克出现在自己电影画面的某个夹角里，后来拉斯蒂涅在《高老头》等几本书里就成了重要角色。这本书中有的末等角色在好几部书里出现了，但依旧还是个微不足道的小角色,比如那个医生毕安训。尽管毕安训在这本书里出现时是个新派医生的杰出代表并深受主人公拉法埃尔信任,但在整部书中他依然是个微不足道的小人物,而且在巴尔扎克后来的杰作《幻灭》和更著名的杰作《贝姨》中他都是个小小的医生角色。这些人物在庞大的《人间喜剧》这个广阔舞台上就像泥鳅一样扭来扭去窜来窜去,巴尔扎克就像上帝弹琴一样用粗壮的手指头分别按定了他们的命运。我舅舅方程教授要是在学校课堂上讲这些,可以肯定座无虚席的学生无不凝神屏气聚精会神,用电脑记录的敲击键盘声好似急促的雨点,用笔记录的沙沙声则如同静夜里蚕食桑叶一样。但在这个读书会上不仅没有出现这样的效果,反而好多人还打起了瞌睡,还有几个不要脸的会员竟然被自己突起的一声短暂呼噜惊醒了。

文化馆宏大的讲堂里坐满头脸油亮、衣服怒鲜的衮衮诸公,唯有两个听众没有睡觉。一个是盖盛祥超市牛羊肉专柜的售货员齐姜大嫂,虽然她不是那个公子重耳的老婆齐姜,但她的能力学识和大胆泼辣以及风骚妩媚与那个齐姜相比有过之而无不及——这是我舅舅给予她的中肯评语。齐姜大嫂在第一场读书会上所做的关于太平天国的专题演讲得到了我舅舅言不由衷的赞赏,所以这次我舅舅演讲巴尔扎克,齐姜不管是否听懂了都要保持积极拥护的良好精神状态。另一个是我舅舅方程教授的亲哥哥方全老板,我历来就不大喜欢这位财大气粗惯于颐指气使的大舅,我舅舅方程教授也不大喜欢这位一面阴险狡诈一面满面春风的老狐狸哥哥。方全老板虽然没有在讲堂上打瞌睡，但他挺胸抬头认真听讲的样子显得十分虚假和空洞。通过他僵直的目光可以看到他那霸道的大脑袋里正像走马灯一样转动着很多画面：盛大的酒场和嘈杂的牌场，一辆豪华汽车飞过去又一辆更加豪华的汽车飞过来，自然了，女人也大大的有，而且那些女人在方全老板的脑海里都是胸部硕大光着屁股扭来扭去。我舅舅方程教授肯定看到了在他这么神圣的演讲中他哥哥脑海里杂乱的丑恶景象，他因而气得吐血。他觉得自己的心血白费了。他本想通过传播巴尔扎克的诸多杰作以让大家吸收到优质的文学营养，从而改变娱乐品位进而提高思想境界和文明程度,结果成了这么一个叫人难堪到窒息的场面。

人精似的主持人大牛副馆长也明显觉察到了场面寂静又暗含嘈杂尴尬的状况,但从他游刃有余的应对手法上可以看出,文化馆讲堂出现这种场面也绝非一次两次了——只见他打开自己面前的话筒,用重金属般的声音宣布:以研究巴尔扎克而享誉学界的方程教授刚才的演讲极大地丰富了我们这个旨在提高市民情趣和娱乐品位的读书活动。接着他又悄悄关掉话筒,微微歪着脑袋给我舅舅商量:讲这么高档次的内容连我听着也吃力,下面这些糙人恐怕一时还接受不了也消化不了,建议教授是不是可以调低一个档次,讲一些通俗易懂易于普通听众吸收的,只要能改变和有助于提高大家的娱乐情趣和欣赏品位就可以了。

　　大牛这样一说，虽然时间还早，但我舅舅就没有了台阶可下，当然就不能依着自己的倔脾气抽身走掉，况且他刚当老师时在课堂上也经历过无数次这般尴尬的场面，早就练就了老奸巨猾的应对措施。于是，我舅舅开始讲述法国作家的逸闻趣事，主要讲法国作家乱搞男女关系和梅毒。除了韩斯卡夫人，巴尔扎克也有好几个不固定的乱搞对象，不然的话十八年的异地恋会把本来就不咋地的他直接废掉了。他整天忙着写小说还债，长期熬夜还一个劲地喝浓咖啡，这不光影响了他的寿命还影响了他的生理功能。从乔治·桑在自己的传记以及与她小小情人桑多的书信里都可以看出端倪，不过就是没有明说巴尔扎克可能有早泄的毛病罢了。乔治·桑这位身材小巧但体形丰硕的女作家在这方面和乖戾个性一样厉害，她的诸多情人几乎都是因这两方面的原因半途逃跑的，比如梅里美，还有……特别是那个小鬼桑多，这块"小鲜肉"多次躲藏在巴尔扎克家窗帘后边大肆抱怨乔治·桑花样太多太会折磨人了。在全世界文学某个方面影响比巴尔扎克还要大的福楼拜在这方面虽然也不是个省油灯，但光一个步步紧逼热情高涨的高莱就追得他无处隐藏，不敢见面只好给高莱写信告饶。我舅舅不光对巴尔扎克点点滴滴的故事记得很清楚，对很多法国作家这种貌似情书暗含性事的书信更有着超凡的记忆力，他操着我们这座小城特有的朗朗上口的方言和腔调当场背诵福楼拜写给他女朋友高莱的信件：如果你保持美丽的身段和可爱的神情，像其他女人一样恰如其分地去爱，给生活增加点调料，而不是烧煳烧焦，你就不会这么痛苦了。你以为我真的很年轻很嫩很清纯吗？其实有的人靠烫发卷、穿紧身裤、搽脂抹粉才显得年轻，一上床就成不中用的老家伙了。他妈的，我舅舅说，福楼拜的学生莫泊桑在写小说方面无论多么努力都与师父无法相提并论，这是同行们的共识和讥笑他的理由。莫泊桑为了维护自己的尊严，向同行们炫耀自己的能力大大强过他师父，还特意招来六名妓女同时上床干那个事，直干到六名妓女都瘫在床上和地板上爬不起来了，而莫泊桑犹自持戈待战雄姿英发，好像站在宽大的船头面对滚滚长江横槊赋诗的那个谁一样。

这下子，原本昏昏欲睡的会员们一下子打起了精神，尤其是方全老板——这位财大气粗的老板善于佯装低调，但从他和风细雨的声调里仍能听出虎狼之音以及野牛怒吼前的鼻息声——连耳麦都摘了下来，还把那块须臾不离脖子的巴掌大碧绿翡翠也摘了下来。他本想用这种小动作掩盖自己内心的汹涌波涛，却不知恰恰暴露了他那跃跃欲试急不可耐的德行。我舅舅方程教授勾着食指轻蔑地敲击了一下讲台，用硬邦邦的冰冷腔调继续说道，所以后来莫泊桑染上了严重的梅毒就不足为怪了。疯狂的梅毒进入他的大脑活像蛆虫一样贪婪地吞噬他的脑浆，致使他的神经系统崩溃了，因为有清醒的神经控制着，所以一个人才能言行体面举止文雅,莫泊桑的神经崩溃了就像电脑崩溃了,各种文件彻底消失一样糟糕透顶,他每天身体发烧头脑昏沉,还要迷迷糊糊地用烈酒勾兑水银冲洗自己那团溃烂得不堪入目的牛牛和蛋蛋,那团造孽的东西就像腐烂的柿子,就像他写的很多不堪卒读的小说一样散发着脓血般的腥臭。

读书会大牛会长先是给我舅舅发了一条言辞犀利长达两个屏幕的微信消息,因为我舅舅不理他,于是当天夜里他又打电话严厉批评了我舅舅一顿,警告他在以后参加读书会活动时禁止传播这些近似色情的逸闻趣事,因为那些玩意儿根本就无助于改善和提高市民的娱乐品位,遑论提高素质了。然后他又小心翼翼地问我舅舅，莫泊桑是不是因为一口气干了六名妓女才得了梅毒死翘翘的？我舅舅一听就知道大牛一定是龇着大金牙故作小心翼翼说出这句话的。我舅舅从来就没把大牛的话当作正经话来倾听过，当然更不会当作正经话来理解和执行，而且对他百分之九十九的问题都不予回答。前不久，在地锅鸡酒桌上我舅舅捏着嗓子模仿完大牛会长的话以后，胡乱抚摩着严重渗油的秃头哈哈笑了一大阵子，他那个笑的样子好像老公鸭被人抚抹羽毛达到超爽的感受后忍不住欢快地叫了起来。由此可见我舅舅对自己几年前在读书会上使用旁门左道获得了相当的成功甚为满意。当时人人都赞美他读书面宽阔知识渊博，不愧是研究巴尔扎克的著名专家,不愧是大学教授。尤其是散场之后盖盛祥超市牛羊肉专柜的售货员齐姜大嫂,她贴在我舅舅左侧,近距离嗲嗲的赞美声和有些窘迫有些含义的呼吸好似一只柔软的小白手将我舅舅在家积压好长时间的愤懑鼓包几乎全给抚平了。

那天深夜在我家上演的那出小戏充分显现了我舅舅由于疼痛和羞辱而产生的激动情绪好似烈酒,从他逃出家门跌跌撞撞来到我家的这一路上,怒火发作把他烧得失去了理智,就像他一旦谈起巴尔扎克浑身的血液和神经都被巴尔扎克的神奇元素所控制一样。我母亲当时担心倔脾气的我舅舅会不会气死在我家里,暗自嘱咐我多多留意,所以夜里我起来两三次看到我舅舅侧卧在临时搭在客厅的地铺上,尽管他还穿着那件昂贵的衬衣,但他照样好似一条被踹得奄奄一息的狗一样在浅浅的梦中发出细微的叹息。在他的叹息里我嗅到愤怒和报复的恶毒气味。我猜想常年在家处于受支配地位的我舅舅这一次恐怕真的要争口气昂扬起来了。

第二天一大早,我舅舅鼓足勇气气咻咻回到自己家里时,我舅妈漫长的洗漱工作已经到了尾声,她脸上贴着面膜半躺在沙发上翻看着一本美容杂志。我舅舅开门进屋故意把声音搞得很响,但我舅妈连动弹一下都没有,仿佛进来的是一只即将走到生命尾声的秋后蚂蚱或者一小股转瞬即逝的空气。我舅舅为了掩饰自己的手脚无措装模作样地整理一下那件昂贵的衬衣,然后在我舅妈面前坚强地站定了脚步,正在酝酿勇气准备开口说出那句话时,我舅妈只是冷笑着透过面膜上的眼孔瞭他一眼,我舅舅立时就像一只手舞足蹈的玩具狗叭的一声断了发条,思维和肉体顿时静止了,连哼唧一声都没有。

只是,这次我舅舅没有像平时那样低眉哈腰拿着保温饭盒到街上买早点,买我舅妈爱吃的水煎包和鸡汤馄饨外加一杯顶端放了三颗草莓的圣代。我舅舅一开始并不知道什么是圣代,有一年夏天他陪我舅妈到一家冷点店里吃冷点,我舅妈也给他点了一份圣代,当彬彬有礼的服务生将圣代送到他们面前时,我舅舅心想这不就是巧克力嘛,从造型上看与一泡造型独特的屎没有什么区别。我舅舅每次说到这儿,脸上布满快意,好像心头大大出了一口恶气。接着我舅舅一言不发地回到自己书房里,望着满墙巴尔扎克和他研究巴尔扎克的那一排著作陷入了沉默。当然了,沉默不等于退让,更不等于臣服。我舅舅这个大学教授这个知识分子,在沉默中居然没有想起有一次我和潘金莲冷战时他大言不惭教导我的大道理:李四,夫妻间的裂痕往往都是由某件微不足道的小事引起的,如果不善于修复或者不及时加以修复,裂痕就会越裂越大,而平时无所谓的针尖大的小事这时候也具有超级破坏力,更会加大裂痕直到两个人分道扬镳走向离婚的歧途。李四你这臭小子赶紧买一枝玫瑰花回家吧,虔诚地站在潘晓莲面前,就像于洛男爵犯了错之后站在妻子阿黛莉娜面前那样赌咒发誓求她原谅——结果一切都没有超出我舅舅的神机妙算,我还没来得及赌咒发誓，潘金莲就抢过鲜艳的玫瑰花捏在手里，泪眼汪汪地说，李四，全是我的错，求求好老公，你就打我一顿好不好？

等到我舅舅遇到这个困局，他竟然忘了玫瑰花，忘了裂痕和破坏力，更忘了于洛男爵犯了错之后站在妻子阿黛莉娜面前那样赌咒发誓求她原谅，这个被巴尔扎克的灵魂迷了心窍的人，在现实中竟然和我舅妈开始了漫长得令双方都十分难受的冷战。而且，好像两个人都忘了在亲戚朋友聚会时，他们作为长辈谆谆教诲我们这些小辈一定要夫妻恩爱，并再三强调过这种冷战也叫作冷暴力特别伤害夫妻感情。

我舅舅和我舅妈冷战不久我舅妈就遇上一件闹心事，几乎天天都处于千头万绪、茫然纷乱又不知从何处下手处理的焦躁状态。我们市二夹弦剧团的马老团长就是我舅妈的亲爹爹即将彻底退休，因为他是个要角，是个短时间里无可替代的二夹弦艺术家，已经将他的退休和任职期限延长了六七年，现在确确实实到了必须更新换代的时候了。要说论资历论唱戏功力论起方方面面，接任团长职务的不二人选就应该是我舅妈，可就是有几个业务不咋地的脏心眼不少的"狒狒"不同意，他们认为封建王朝早就该丢到历史垃圾堆里了，父传子之类的那些历史沉渣决不能再次泛起。他妈的，"狒狒"们这套说辞虽然有点傻半吊子有点真像狒狒，但你一时半会儿就是找不到更好的理由和说辞来反驳这帮固执的"狒狒"。反对派也准备了因合他们心意所以他们认为也很优秀的人选，竞争相当激烈。当然了，这些消息我舅舅都是后来才知道的，因为在折磨人的冷战中，有些事情我舅妈直接全方位屏蔽了我舅舅。

在我舅舅看来，那段时间我舅妈又开始倒买倒卖陷入了无聊的经济活动之中。我舅舅早就知道，我舅妈手机里有一个又神奇又古怪的群，群里成员都像我舅妈一样收藏了数不清的各种怪异的小玩意儿：一枚貌似古币的金属片抑或贝壳、一个苍老的彩釉陶钵、一个金质鸽形酒器、一根分不清是木头的还是金属的还是玉质的烟杆、一朵银珠领花、大小不一形状迥异的皮囊布袋，还有小指头大小的陶俑以及拇指大小的木头鞋子，那个小鸟鞋子被桐油涂了无数遍，涂得活像一个了不起的神秘法器，还有各种形状的挖耳勺和各种形状的小瓶子……他们在群里展示这些垃圾玩意儿的目的就是售卖给其他成员,而且相互捧场竞相购买,简直就是热闹非凡地在线上大搞非法拍卖活动。只要有一次拍卖,接下来大约十天时间里,我舅舅几乎每天都会看到我舅妈收到大盒小盒的快递,每天都能看到我舅妈拆包捧出那些大小玩意儿时两眼闪闪放光的样子。我舅舅在我舅妈眼里形同虚设丝毫不必避讳,她在整理那些垃圾玩意儿时,还要用小刷子和洗涤剂将其中很多东西清洗干净,比如一块生物头骨或者一枚私章之类。我舅妈把清洗过的东西整齐地摆满了整个宽大的阳台,等到彻底晾干后再用螺丝刀和小锤子以及锥子和小钢锉改变那些东西的形状和结构,再用七色油彩涂上颜色,使它们更符合自己的收藏风格,看起来也更具有个人收藏的独特气质。我舅妈做这些事情时就像她唱戏一样凝神屏气全神贯注,那样子就像一个手艺高超的国之大匠。最后她把这些焕然一新的玩意儿展示在他们那个诡诈的群里,再一件件卖掉它们。与其说他们那个群就是这样做买卖的,不如说他们那个群就是这样寻找人生乐趣打发空虚的时间。有时候一件小玩意儿循环几番之后又被我舅妈买回来了,我舅妈满脸讶然和惊喜,就像游子归来,就像老友重逢。接着她将之乔装改扮再次把这份惊喜愉悦快递给群里其他成员。我舅舅默然注视着我舅妈的一举一动,他绞尽脑汁也无法解释其中的诡异,但他隐约觉得这种货币流通方式既不能发展国家经济更不可能改善个体经济状况,但是这套鬼把戏为什么会这么迷人,这样让人走火入魔呢?我舅舅被我舅妈这个乐此不疲的古怪行为榨干了思维能力和想象力,也没有得到有效的答案。我舅舅想如果这套把戏也能赚到钱的话,那巴尔扎克早就应该从事这套把戏了,因为塞纳河两岸和整个巴黎市区每个旮旯都充斥着这类又肮脏又古怪的小精灵一样的狗屁玩意儿,一直被发财的欲望燃烧着的巴尔扎克根本没必要狂喝黑咖啡阻止睡眠写小说还债了。

我舅舅经常自鸣得意地说,纵观《人间喜剧》,一方面,我们可以看出巴尔扎克精通世间各种事物,甚至娴熟法律条文和诉讼程序,而且他在作品中写的判决书与账单就像现实生活中专业人士写的一样毫无瑕疵;另一方面,巴尔扎克对各类人心洞若观火,所以他能够对人性的解剖宛如庖丁解牛明察秋毫。但是,一旦离开书桌,也就是说他一旦离开他创造的那个世界来到现实世界里,不管遇到什么样的事情他都只有束手无策,甚至连拒绝一个无赖乞丐的无理讨要都要一口气跑到戈蒂耶家里请教方法,气得戈蒂耶穿上那件勾搭雨果夫人时穿的暗红色外套扭着他的胳膊大步走到了街口,三棍子把那个乞丐敲得哭爹喊娘一跳三尺高地逃跑了。后来,戈蒂耶在他的回忆录里把这件他现场说法教诲巴尔扎克的事情渲染得活似就在眼前演出的戏剧一样。我舅舅说到这些时脸上表情和腔调里都会不自觉地带上一缕讥笑和自鸣得意来,好像巴尔扎克的这个遭遇就是他的遭遇。其实在我这个不学无术的药贩子看来,我舅舅就和巴尔扎克一样,他说起巴尔扎克之种种事端时绝对是谈锋健旺、见解独到,一旦到了现实生活中他就成了一根直通通的棍子,而且还是一个用六米长的铁棍子都捅不透气的实心眼子。我这个看法也是我舅舅的亲哥哥方全老板的看法,是我这个药贩子和土豪大舅差不多绝无仅有不谋而合的一个看法。除此之外,我和我那位土豪大舅还有一个几乎也可以统一起来的看法,那就是我们都觉得我舅妈马小梅当时是借助微信群里的那个恶性循环的交易活动来排解她在竞争团长的日子里内心所承受的焦躁和压力,以及数次濒临绝境的巨大恐慌。要是我舅舅方程教授也明白这个,他应该主动停止冷战出去买一枝玫瑰花回来献给我舅妈,行走在悬崖边缘的我舅妈立刻就会缴械投降,肯定会用我舅舅特别喜欢的方式庆祝他们的冷战光荣而胜利地结束了。可是,我舅舅方程教授不仅没有意识到这个诱人的后果,而且也没有买玫瑰花,反而经常长时间地不假外出,到公园到咖啡馆或者图书馆或者一个大家根本就不知道的地方,和盖盛祥超市牛羊肉专柜的售货员齐姜探讨太平天国这个没多大探讨价值的学术话题来。

我舅舅把齐姜大嫂称为甜蜜的肉弹瓦莱丽,这肯定是巴尔扎克笔下的某个妖冶的女人,不然我舅舅说"瓦莱丽"这三个字时他小眼睛里就不会露出那么强烈的色情光芒。我舅舅由衷赞叹瓦莱丽对太平天国研读精深,尤其对洪宣娇、苏三娘、许香桂这类驰骋沙场的女中豪杰更有独到的见解和发现。她说洪宣娇本是杨秀清的亲妹妹，名叫杨云娇，为了巩固天国集团利益所以拜洪秀全为义兄并改名洪宣娇，后来嫁给萧朝贵，虽说有些政治联姻的嫌疑，但还是为了巩固天国集团的利益。她是在东王杨秀清权倾朝野时期唯一敢当面顶撞杨秀清的人，正是她给天王洪秀全出主意除掉亲哥哥杨秀清的。后来有些通俗小说将洪宣娇写成淫荡娇娃，实在是瞎编乱造不尊重我们妇女。

瓦莱丽，也就是齐姜女士，对太平天国之《天朝田亩制度》中"有田同耕，有饭同食，有衣同穿，有钱同使，无处不均匀，无人不饱暖"大为赞许……说老实话，如果不是我舅舅亲口所说，我这个药贩子很难相信一个牛羊肉专柜的售货员研究起烟雾缭绕的太平天国史来竟会是如此的深入。

然而，在我舅舅看来甜蜜的瓦莱丽研究成果无论有多么丰硕都抵不上她肉体的丰硕。她几乎天天操刀割肉，牛羊肉中的生油脂更宜于把她的双手滋养得格外绵软，包括全身皮肤，尤其是胸部和腹部的皮肤润软如土耳其羊毛毯子。我舅舅最喜欢趴在羊毛毯子上聆听着瓦莱丽模仿洪秀全说顺口溜，因此他还经常在太平天国的歌谣中迷迷糊糊地眯瞪着了。这个无耻的秃头，哦，在瓦莱丽牌羊毛毯子上进入梦乡的时候我舅舅还不是个秃头，这个相貌堂堂、衣冠楚楚的家伙在梦里鬼使神差地竟还想勾搭读书会另一名会员，文旅局的女干部李瓶。我虽然只是一个微不足道的药贩子,但我们药商协会和文旅局合作搞过几次活动,那就难以避免要见李瓶。文旅局的女干部嘛,貌美肤白,典型的美人。遗憾的是李瓶在读书会上演讲的是纯粹数学,一想到李瓶演讲中所说"决定一个空间维数的是它所容许的旋转群,因而维数可以不再是整数"时,我舅舅彻底晕菜了,本来勃起得好好的马上缩成了一条小虫子。很幸运,纯粹数学不仅挽救了文旅局的女干部李瓶,也让我舅舅免于陷入更大的舆论旋涡中而彻底身败名裂。

当年,或者说当天上午十一点我舅妈用电话通知我舅舅准备离婚,下午两点半就叫来几个同事开着一辆依维柯把她所有的东西拉走了。因为我舅妈的诸多衣物都放在剧团她的专用换衣间里，放在家里的衣物和每天一贴的面膜加起来不过一个小小的箱子就装完了。但我舅妈那些小玩意儿真是太多了，想必她还没有来得及在微信群里推销完，我猜想也许她压根儿就没想处理干净，她肯定仍想绵延不绝地享受那种失而复得的惊讶和快乐。剧团的一群俊男靓女都化身成为七仙女的银梭，在我舅妈家院子里和大门外边的依维柯之间飞速奔跑，他们路过院子里那棵又粗又高的桂花树和我舅舅经常躺在上边休闲用的那只竹制躺椅时，都会抱紧手里的小匣子拐弯躲闪，那份灵巧和麻利劲好像在戏台上跑那种二龙出水式的圆场。我舅妈终于竞争成功当上了剧团团长，龙套们给团长搬东西一定要展现出相当的舞台功力才可能在以后的演出中获得更多的上场机会。

我舅妈竞争成功除了她自身素质过硬之外，她爹爹马老团长也是功不可没的。在那段竞选激烈的日子里，银发苍苍步履矫健的老先生隔三岔五请相关人物吃饭，众所周知，请人吃饭是我们这座小城解决很多事情的重要手段。每顿饭那位老团长都要在酒桌上演唱《收姜维》里那段长达一百二十多句的唱腔。我这个药贩子不懂戏剧之奥妙，但我听几个酷爱戏剧的狐朋狗友说过，要是一口气唱上一百二十多句不错不乱不走腔调，没有过硬的童子功垫底不练上几十年那是不可能的。不客气地说，这段唱腔几乎就是老先生在剧团在业界一直挺立潮头永不倒的招牌菜，一般听众三五年都不一定遇到他亲自演唱这一出。马老先生像唱堂会一样使出浑身解数，毫不吝啬，倾囊相赠般的频频敬献独门绝唱。人人都赞颂老先生顺畅无比地一口气唱完一百二十多句仍然毫无疲意，可谓功力深厚世所罕见。除了我舅妈，没有一个人知道，一回到家里她老爹就像长途奔袭的老马，一卧下来就像死了一样到天明都不会翻一下身子。我舅妈当然知道这样一大段唱腔唱下来，对于戏剧演员的精力和体力有多么严重的消耗，所以，我舅妈成功竞选团长后总是说绝对少不了她老爹的功劳。那天是上午十点下达的任命文件，十一点我舅妈就在电话里告诉我舅舅准备离婚吧，为了表示自己的口头通知也同样具有领导的威严和决心，下午两点半我舅妈就乘着依维柯带着一群俊男靓女搬东西了。

上午十一点整我舅妈下达这个电话通知时，我舅舅正在家里啜饮一壶新泡的铁观音，我舅舅唯一喜欢喝的茶就是铁观音,他打开壶盖像个专业品茶师一样将壶盖凑到鼻子底下嗅一下铁观音的清香气息。我舅舅这副心不在焉的样子显然不是故意摆出来的,因为常年浸淫于巴尔扎克对人性的精密分析也改变了他的思想意识,他错误地认为不过是冷战,到了沸点就会转化为另一种敌对方式来结束冷战,比如叫嚣着离婚,没有什么比这一套更能让双方有机可乘寻找到重新和好的最佳方式了。所以,我舅舅才能心旷神怡地连喝了三泡茶,终于把自己喝了个透彻,然后收拾打扮一番去赴约了。我舅妈带领剧团的俊男靓女搬运东西时，我舅舅早已来到瓦莱丽指定的隐秘据点，也就是贯穿我们小城的大河南岸一家古色古香档次相当讲究的家庭客栈，他方才第一次趴在瓦莱丽牌羊毛毯子上听着太平天国的顺口溜进入浅浅的梦乡。

我粗略算来，我舅舅和我舅妈分居也就是三个半月或者三年之后吧，我这个药贩子正陪着潘晓莲，就是后来结婚了我一直叫她潘金莲的那位女士，到我母亲工作的妇产医院检查身体，在我们家护士长严格的监督下，与其说是医生诊断出不如说是仪器诊断出潘晓莲怀了个双胞胎。因为那时我刚刚踏进药贩子的圈子里还没有混出名堂，所以还不想结婚，所以当时这个双胞胎的意外信息使我的脑袋里好像被一群老母鸡挠的一样蓬乱,而潘晓莲则高兴得手舞足蹈,因为她无意之间得到了必须马上结婚的制胜法宝。就是在这个手忙脚乱的时候,我舅舅方程教授突然打来电话说, 李四你小子赶紧坐火箭到我家一趟吧。我舅舅的口吻神神秘秘火急火燎,好像真出了什么了不起的事情,好像离家出走很久很久很久了的我舅妈马小梅马三毛金妞终于回家了。因为是双胞胎嘛,在驱车驶往我舅舅家的路上潘晓莲一直处于亢奋状态,而我大脑里还是像一群鸡挠的一样。关于我舅舅和我舅妈之间的一些淡事宛如吉光片羽雪地鸿爪,不管多么珍贵罕见都不能在我脑海里留存片刻, 一直到我舅舅家大门口时,那些散乱的片段才一下子连成了一幅完整的画卷。

我舅舅家的大门高达三米六，门板厚达十二厘米，因而显得高大威严，老式的铜门鼻子、铜锁、铜门环好像一部厚厚的铜门锁史书镶嵌在厚厚的门板上，所有铜件上都有一层厚厚的绿色铜锈，再加上门两边那一对饱经沧桑的石鼓门墩，我每次来到我舅舅家大门口就有一种盗墓贼即将进入地宫的感觉。那天我和潘晓连赶到时我舅舅正坐在左边的石鼓门墩上抽烟，他夹着烟的右手整个捂在嘴上，从他这个寓意深远的独特抽烟姿势上就知道他一定是陷入某种窘局而一筹莫展了。左边一扇门上用两根像筷子一样粗长的铁钉钉了一双破烂的蓝色布鞋，右边这扇门上也用同样粗长的大铁钉钉了三只未拆封的避孕套。那三只避孕套都是那种花里胡哨的彩色塑料薄膜包装的,意图唤起使用者繁艳的情趣。我那天就是因为排斥这种用意下贱的包装而坚决不用避孕套方才导致潘晓莲终于变成了潘金莲。那种包装真是缺德。那种包装的避孕套外观上一看就让人想起电影中妓院里的妓女为了卖弄风骚故意在太阳穴那儿贴的花纸皮膏药。虽然这个景象已经过去很多年了,但一想起那三只避孕套被大铁钉钉在高大威严的大门上的样子,我两边太阳穴就像涂了一层厚厚的清凉油一样连绵不断地冒出缕缕凉气。无须多言显而易见,这肯定是我那位刁钻古怪的舅妈干的,身为剧团团长的我舅妈当然更容易获得我舅舅经常在瓦莱丽牌毛毯上眯瞪着了的情报。虽然当年我舅舅家大门上还没有像现在这样安装了德国产的不需网络不需电线插入电源的小型监控器摄像头,但一想到那个阵势我就像看到监控一样。眼看着我舅妈不慌不忙地掏出一双蓝色的破烂布鞋和五枚粗大的铁钉以及三只包装艳俗的避孕套,还有一把长相凶恶的钉钉锤,然后,这位长相标致的女团长从容不迫地跷着兰花指有条不紊地将那些物件一一钉在大门上。而我舅舅还没意识到问题的严重性,他扔了烟头,望着我拔下钉子后留在门上的五个钉子眼太明显, 面色紧张里还透着几分忧愁,他十分焦急地说,李四呀李四,你得赶紧给我请个能工巧匠把这门上几个钉眼修复得好像没有钉眼一样啊。

我舅舅根本没有意识到自己的人生即将进入

黑暗的隧道之中,他也从来没有设想过有朝一日自己也会沦落到如此孤单和寂寥难挨的地步。

我舅妈下达口头通知那天下午四点半左右,我舅舅才从瓦莱丽牌羊毛毯子上醒来,他佯装行为坦荡若无其事走出了那家档次豪华的家庭客栈,走在小巷子里时他还美美地抽了一支烟,等他心满意足大是惬意地回到家里才发坝我舅妈把她心爱的小宝贝全部拿走了,连一个花生大的陶俑都没留下,这足以说明上午十一点我舅妈给他打电话要离婚绝不是司空见惯的口头恫吓。我舅舅一瞬间紧张得差一点尿裤子,在乱云飞渡般的思绪中他曾经引以为豪的玩世不恭和满不在乎之类的小颗粒全部从惶恐的大口漏斗里漏光了。他那因为常年浸泡在巴尔扎克特效药剂中自讶为精密如瑞士手表一样的大脑都没想起来一个人思考问题最好是坐在沙发上，肯定也忘了自己挂在嘴边的据说也是巴尔扎克的金句:安逸的坐姿会有助于思考的广泛和深入。他一直站在客厅里，因内心极端的束手无策反而显得表情特别执着和镇定，他的双腿应该是被瓦莱丽吮干了骨髓而绷得僵直还有些颤抖，很容易让人想起电视上等待裁判扣动信号枪的短跑运动员之腿部特写。当时我舅舅之所以如此惶恐不安，是因为他那被巴尔扎克霸占着的大脑也隐隐约约觉得自己的生活将会变得一团糟。经验告诉他，尽管在日常生活中我舅妈一直处于霸主地位，但要是没有霸主了这个世界就会乱成一团糟。就像每年从八月中旬我舅妈必定要到省城备战重大节日演出，一直到节日之后才能回来，这期间我舅舅就会莫名其妙地百病丛生。牙疼、口腔溃疡、腿疼、颈椎疼、肛门红肿，还会无缘无故地双眼红肿，每天早晨两个眼角都会涌出一大坨恶心死人的眼屎，更奇怪的是，一天三顿饭无论吃什么都会吃坏肚子，先是肚子一阵阵剧痛好似刀绞一般，继而便意盈门几乎决堤而出，天可怜见，每次都很庆幸，每次他都能以百米冲刺的速度冲进卫生间坐在马桶上。他记得自己所进食物明明就不够喂一只八哥的，但窜稀却是一股接一股而且强劲有力几乎要把马桶击破了。但是，只要我舅妈一进家门，我舅舅立刻百病解除好像从来就没有拉过一厘米稀屎一样。

我舅妈下过口头通知之后紧接着没有了进一

步的动作，这实在不合乎她一贯雷厉风行的性格，她一定正在酝酿更加惊悚的举动，否则无法解释她平时一贯刁钻犀利绝对不是个省油灯的处世风格——这不仅是我这个药贩子的错误推断，也是我舅舅这个大学教授的错误推断。我舅舅说巴尔扎克在整个《人间喜剧》里总共写过四次还是五次这句话：所有的错误推断一开始都会被当事人错误地认为是合理的、是正确的。刚开始那几天我舅舅时时刻刻都魂不守舍，时时刻刻都把手机放在手边，还要把音量调到最大，而且随时给手机充电，一方面他非常害怕我舅妈给他打电话，另一方面他又非常希望我舅妈给他打电话。这个稀里糊涂的秃子（哦，那会儿他还没有秃），他还有脸想起曾经好几次我舅妈给他打电话没有及时接通,等到他回到家里我舅妈精神崩溃变得歇斯底里地躺在冰凉的地板上一个劲地哭泣。想着我舅妈躺在地上哭泣的样子,我舅舅被巴尔扎克腐蚀了的大脑竟然没能想起来主动给我舅妈打个电话,他就那样在黑暗中一直等待我舅妈打电话给他。我舅舅和我舅妈就像很多陷入冷战的夫妻一样较上劲了,无限的爱变成无限的恨交织在一起。一个星期没来电话,一个月没来电话,一年也没电话,到了这个时候,我舅舅方程教授还没有使用他在研究巴尔扎克时那么独到、尖锐的脑子想一想,我舅妈怎么可能再给他打电话呢? 在如今这个时代,等待不仅容易消磨一个人的意志和决心,而且也会慢慢稀释等待本身的意义,直到"等待"二字变成两个干枯空洞的虫眼。我舅舅由焦急叠加着恐惧的等待逐渐变化为漫不经心的等待,而且在含义逐渐苍白的等待期间一次又一次地前往大河南岸那家古色古香的家庭客栈,趴在瓦莱丽牌羊毛毯子上纵情畅谈巴尔扎克,或者心醉神迷地聆听瓦莱丽绘声绘色演讲一些太平天国宫廷细故。以至于等到大门上出现了五根大铁钉钉了一双破烂的蓝色布鞋和三只包装艳丽庸俗的避孕套——这个就是我舅舅在和我舅妈处于离婚和分居状态长达三个月也许三年之后所得到的一幅最有纪念意义的图画——他还没意识到充满危险的舆论风雨即将到来,反而有几分讨好意味地给瓦莱丽发微信,想添油加醋演讲一遍这场充满荒诞的小戏,结果,甜蜜的瓦莱丽已经把他的微信拉黑了,电话也拉黑了,到了这时候我舅舅还没有意识到网络时代传播的力量有多么可怕。

片刻间,我舅舅那常年浸泡在充满巴尔扎克智慧的水罐子里的大脑猛然领悟到他在瓦莱丽眼里最多也就是一块飞鸟牌口香糖,除了清除口腔异味以利于亲嘴,再就是作为某种小情趣装酷咀嚼一会儿之外,瓦莱丽绝不允许一块口香糖通过食道进入胃里再进入小肠大肠最后把它残存的渣滓排泄出来……这番思考,就好像一个凶汉手持大棒子一下子敲在我舅舅脑壳上,我舅舅先是觉得脑壳剧痛一下,接着两眼金星绽放,整个人一阵短暂眩晕之后就直接进入了无边无际的黑暗之中。

在如今这个传播方式和传播速度堪称超声速的时代，我们这座小城虽然比不上北京和上海，但永远都不是制造和传播谣言的基地——这当然是我这个不学无术的药贩子的看法。至于是否相信谣言那就不是我这个药贩子所能定义的了。我舅舅的微信和电话被瓦莱丽彻底拉黑之后的第三天或者第五天上午八点半，我们这座小城百分之七十六的人的手机上都在传播一张图片：高大威严充满世家意味的大门，左边一扇门上用两根像筷子一样粗长的铁钉钉了一双破烂的蓝色布鞋，右边那扇门上也用同样粗长的大铁钉钉了三只未拆封的避孕套。在我们这座小城里不乏大有艺术感觉的人，印象派和浪漫主义以及自然主义的争论喋喋不休，留言区一片猜测和嬉笑。不过，还没等大家作出更准确的诠释,这张图片就彻底消失了,就像一个心急火燎的流星划过天空之后连一道光线都没有留下一样。紧接着,我那位一贯佯装伏低做小实则盛气凌人的大舅方全老板电话邀请我一同去看望一下我舅舅方程教授。我一接这位大佬的电话,马上就明白了图片是怎样消失的。我估计方全老板之所以邀请我一道前往,无非出于两个方面的考量,一个是在他看来我和方程舅舅完全是沆瀣一气几乎等同一丘之貉,一个是他们要是谈崩了我大可以起到一个优质灭火器的作用。

我这个当外甥的事事都要介入我舅舅家的淡事,实在是无可奈何的事情。我表弟方唐镜早早就去了那边——在我们这座小城里说去了那边一是指死亡,一是指去了欧美国家,我表弟自然是后者。"方唐镜"这个颇有古意的名字是我舅舅方程教授起的,但我表弟毫不吝惜地抛弃了,他遗传了我舅妈动辄改名字和胆大妄为的基因,直接把一个古意盎然的名字改成了"老九",这个在我们那儿显得流里流气有着几分下贱意味的名字。老九改名没有像我舅妈那样挠烂户籍警的面皮方才改成,他直接发了个朋友圈了事:从此改名老九,称我九哥、九弟、九爷悉听尊便,否则直接拉黑。我给他回个微信说"叫你九筒怎么样",结果这个小浑蛋一下把我拉黑了。我表弟个性尿性十足,比我舅妈有过之而无不及。老九在北京那家戏剧学院(自然不是我舅妈读过的那家戏曲学院)读书时改了名字还不算,还找了一个比他大了七八岁并且有过短暂婚史的名叫吴小良的女人。备注一下，吴小良是个地地道道有着本地户口的北京女人。毕业后老九带着吴小良回到了我们这座小城。这位九爷就像我舅舅方程教授年轻时一样帅气而且更加人高马大，那个比他大了七八岁并且有过短暂婚史的女人吊在他胳膊上就像一个小女孩·样。他们居然就以这种怪异的姿势大大咧咧地走进了我舅舅家那扇大气磅礴、威严高贵当时还没有留下五个粗大钉子眼的大门。

其后果于我这个药贩子是在预料之中，于我的舅舅和舅妈实在是出乎了他们的承受力和想象力。我舅妈不仅唱悲情戏容易把全部思绪沉浸在戏里，就像我舅舅从里到外被巴尔扎克的有毒元素所控制一样，我舅妈的思想和血液里甚至骨头缝里都充溢着旧戏剧的传统元素,绝对不允许她历来就引以为豪并且寄托着无限希望的高大帅气的儿子,和一个比他大了七八岁而且有过短暂婚史的女人在一起,当她苦口婆心超级有耐心地表达完自己的意见之后,老九依旧表示了自己和吴小良的爱情绝对是坚贞不渝的。我舅妈顿时来了失心疯,一口气打了老九十六个耳光。这个准确的数字是一直沉默在一旁的我舅舅方程教授在心里暗自数的。老九被我舅妈一顿耳光抽得好像有点熊了,他抚摸着发烫的腮帮子扫了吴小良一眼,吴小良好像读懂了老九目光中的含义,她寒脸怯色一屁股坐到老九脚边,接着又像撒泼又像撒娇一样匍匐在老九脚面子上大放悲声,老九老九,我不答应你和我分……

我舅舅说，老九真他妈是我的种，真是条汉子。老九两手托着吴小良的腋下一下子把她抱在怀里就像抱着自己的女儿一样，然后扭脸将嘴里的血沫和一颗牙齿吐在地上，那颗牙齿黏带着血液活像个刚出生的小精灵一样还在瓷砖地面上跳跃了两下。老九对我舅妈说，妈，你给我的，我先还你一颗牙齿吧。

　　这句话就是老九离开家里、离开我们这座小城去了那边之际留下的最后一句话。我舅舅说起吴小良瘫倒在老九脚面子上舞动四肢大放悲声的样子，他竖了个大拇指赞赏道，真他娘的厉害！别说方唐镜扛不住，就是巴尔扎克也扛不住！

　　老九把我舅舅和我舅妈都拉黑了，唯独没有拉黑我大舅方全老板，不是因为方全老板是个土豪大佬是他大伯,而是因为过了一周之后方全老板给他发了条微信:九爷,过来喝几杯吧。这样,我们才知道老九和吴小良自从离开我们这座小城就一起去了那边。这些年来老九一直没和我舅舅我舅妈联系过,关于他的消息我们都是从土豪大佬方全老板那里得知的。关于我舅舅和我舅妈两个人陷入长期冷战等待最后离婚的小事情,老九肯定不会知道,狡诈的我大舅方全老板肯定不会把这等在他看来无足轻重的消息告诉老九的,当然,即便告诉了老九也未必相信,因为我们全城的人几乎都知道大佬方全老板历来巧舌如簧谎话连篇……所以,这些年来我在我舅舅方程教授跟前一直行使着老九的职能。

我大舅方全老板最喜欢穿那种小立领褂子。我估计他应该有三百六十五件那种褂子,因为他天天都穿着虽然颜色就那几种但一看就是崭新的小立领褂子。那种小立领使我大舅方全老板粗壮的脖子显得细长了一点点。土豪大佬我大舅方全老板还喜欢内增高鞋子,他的鞋子不管是鹿皮的还是羊皮的,甚至运动休闲鞋子都一定是内增高的,到底增高了几厘米,恐怕即便这位大佬死了那也只能是个谜,因为无论他到哪儿,或者无论你家地板多么高级,他宁愿不进去也不会当众换鞋子,他去了那边怎么可能会脱鞋子呢?他的短处成了他展示固执和高傲个性的一个理由,他的固执与高傲反过来又成了掩护他某些短处的坚固盾牌。有钱人干什么事都是极具高度自信的,他们认定自己做的所有事情肯定都是相辅相成的,这个,就像一些有钱人认为自己肯定有能力访问一些高深的问题一样。

我舅舅方程教授对大佬方全老板的诸多方面都给予过数不清的放肆取笑或者妙趣横生的挖苦言词,尤其对他这个到哪儿都不敢脱鞋以防泄露真实身高的行为更是嗤之以鼻。我舅舅方程教授先是哈哈大笑一阵子才从鼻孔里冒着酸气说,这有什么呀,巴尔扎克粗短身材而且是个饕餮之徒,所以也是个肥头大耳,但他照样穿着时兴的紧身裤和软布鞋出入乔治·桑家里喝着咖啡高谈阔论,或者赞美或者刻薄地挖苦对方的小说,然后相互叫嚷一句"你不过是一头畜生"之后分道扬镳,过了几天他们还会再聚到一起相互指责对方是一头脏猪。即便年轻的时候巴尔扎克也从来没有因为自己的身材短小而自卑过,他照样热情似火和邻居德·贝尔尼夫人谈情说爱。当时德·贝尔尼夫人已经四十五岁而且生过九个孩子了,有趣的是其中那个叫朱莉·冈比的女孩还是她和一个浪荡情人所生,更要命的是她比巴尔扎克的母亲还要大一岁,而巴尔扎克当时还是个二十二岁的大男孩。但,这些都没有丝毫影响两个人相爱。这位丈夫又是巴黎王室参事又是退休上校的太太不仅成了巴尔扎克的第一个情人,还是他一生的朋友和支持者,巴尔扎克第一次做生意这位妈妈般的情人就拿出四万五千法郎,当然,不到三年时间这笔钱就被巴尔扎克挥霍个精光。虽然咱们不知道当时他们两个是不是就像电影《巴尔扎克激情的一生》中那样有着暗示或明示肉欲的缠绵,但巴尔扎克形容"她发出的卷舌音简直像在抚摸你"这一句话就足够我们联想的了。也正因为拥有了德·贝尔尼夫人,巴尔扎克才在很长时间里总是大言不惭地自诩为老鬼子卢梭,因为卢梭这个伪君子也拥有一个情人兼母亲的华伦夫人。

我大舅方全老板唯一和我舅舅方程教授相同的地方就是也有一条挺拔的鼻梁,但是,他一听我舅舅方程教授无论说什么事情都要扯上巴尔扎克就会把挺拔的鼻梁气成 S 形。尽管气成这样了他也不发火,富豪保持低调的习惯让他已经琢磨透了怎样才能把冲天怒火和蛇蝎毒念压在心底,等到他作出决定时你才恍然大悟,土豪大佬的胸襟竟然如此的残忍和毒辣。我舅舅方程教授嘲笑方全老板时又拿出巴尔扎克只管在那儿喋喋不休。方全老板一边听讲一边从手包里摸出一包特制碧螺春吩咐"李四烧水泡茶",直到华伦夫人出现我舅舅方程教授住嘴了,他才慢声细语地开了口,你的这个巴老壳子就给了你这些启示吗?除了教会你大搞色情与暧昧事情,就没有教教你如何管理自己的牛牛吗?

我大舅土豪大佬方全老板总是把我舅舅方程教授的巴尔扎克称为巴老壳子以示轻蔑。平心而论,我大舅土豪方全老板能成为我们市各种汽车总经销,那也不是用金钱和砍刀砸出来的,而是基本上取决于他这套高深莫测、和蔼可亲、无人不上当的话术,比如这么挖苦嘲讽的话从他嘴里说出来,那腔调就像好朋友嘘寒问暖聊家常一样平易近人。包括他在读书会上演讲《周易》，什么伏羲八卦方位之图，什么文王八卦之图，反正都是那么枯燥乏味的玩意儿，他居然不动声色、和风细雨一样耐着性子讲得你无论懂不懂都会听得津津有味。我本来以为我舅舅方程教授会不以为然地反问一句，方老板你自问一下能管住你自己的牛牛吗？那么，我大舅方全老板肯定就会这样说，我的牛牛惹出的事端它的主人都能不费吹灰之力尽皆摆平。我之所以要摆平这些鸟事是因为我有一个无可撼动的底线，就是我的家庭观念以及我们夫妻之间的患难友谊。

我这个当外甥的，我这个不学无术的药贩子，因为数次倾听他们的争论和交谈，所以他们不张嘴我就知道他们要说什么，无非就是司空见惯的资本家和知识分子的唇枪舌剑而已,毫无新意可言。比较蹊跷和更有趣的是,他们谈着谈着就各自沿着自己的思路和学识以及世界观、价值观继续热烈地纠缠在一起。我大舅方全老板一旦开了场大约十句话之后肯定要畅谈《周易》,肯定还要大段大段地复述那些貌似充满无限禅机或许本来就十分空洞的词句,而方程教授尤一例外地要拿出巴尔扎克他这个永恒的宝器仗剑胡行。尤其可笑和简直不可思议的是,本来风马牛不相及的两种内容和思路,他们两个竟能谈得十分热烈并万分投机。不客气地说,我历来就对他们这种"地对空"的交谈内容毫无兴趣,我只是特别喜欢观看这两位至亲长辈煞有其事地辩论,好像通过他们的荒谬辩论两条永远也不会相交的火车铁轨很快就会交合在一起。孰料这一次我舅舅方程教授居然没有回话,他不回话不是因为他可能已经明白了自己因为大铁钉和避孕套事件即将身处人生低潮时期无颜做出回应,而是因为家里座机电话响了。

在如今通信时代,使用座机接电话和打电话一样多少有些令人费解。听梆声又是某家出版社的编辑打来的,或许是个老眉咔眨眼的年长编辑,他可能不知道我舅舅方程教授的手机号码,也许是个有点变态、有些公私分明、有些吝啬的年轻编辑,他偏偏就喜欢使用座机和作者联络沟通,就像不正常的女人特别喜欢和手指头约会一样。我早先听我舅舅方程教授说过好几次,常有一些编辑或者评论家指责他作为一个以研究巴尔扎克而被人尊重的教授，写起有关巴尔扎克的文章来一点也不严谨。我舅舅说事实上他写这类文章几乎从不需要翻阅工具书或者相关资料，也从来不记笔记、不写卡片之类的玩意儿，巴尔扎克就像一只大肥鹅，那个骚胖子的一切早在他心头那口滚开的锅里炖烂了。他全凭记忆书写，虽然不能明确记准所写的事情源自哪一本书中，但他可以肯定，与自己正在叙述的这些事情的相关文字曾经就像一条条百足虫一样从他眼前爬过，而且从他大脑里爬过时还下了卵，所以他只管凭着自己的记忆和理解去尽情书写。我舅舅的这种文风一直以来就不停地遭到学界几位喜欢钻牛角尖之学者的挖苦和嘲讽，他们批判我舅舅的这种文章根本就算不上学术文章，他们说我舅舅的这种文章有着太多的戏谑和妄想包括虚构,就像纯洁的牛奶里漂了一层脏兮兮的油花子……我舅舅每次讲到这儿,就会像老母猪生产时一样哼哼唧唧大笑着呵斥一声,纯粹放他妈狗屁!

放他妈狗屁!我舅舅方程教授冲着话筒嚷了一嗓子,那样子让人感觉到他要不是为了接下来说明自己的观点和强调自己的态度,那他一定会摔了电话。一八三七年二月六号,巴尔扎克来到意大利旅游,三月份畅游了米兰和威尼斯,四月份到达热那亚——这是座有着几分吊诡意味的港口城市,站在码头上望着海面帆樯往来,巴尔扎克忽然想起某本书上记载的古罗马人在撒丁岛上发现了银矿苗的事情,但因为当时战事逼近,他们还没对银矿进行深度挖掘……巴尔扎克拿定了明年就在此挖掘银矿的主意之后，心怦怦直跳，好像他已经成了富豪矿主一样，举止间不免顾盼自雄一番。他在热那亚当地的朋友，一个名叫别兹的商人热情地接待了他，酒桌上喝得酣畅耳热，喜欢夸夸其谈的巴尔扎克在酒精的作用下把这个事情告诉了貌似忠厚的别兹。可是，等到他第二年抽出时间再次踏上撒丁岛，并经过实地勘察发现矿苗情况与自己盼望的一模一样之后，这个骚胖子急切地向当局申请开采许可证，到这时，他才发现别兹这孙子早就获得了银矿开采专有权，而且这个卑鄙的小人也早就成了亿万富翁。您张大昌老师也是个老编辑了，您来告诉我，就这么个事情，如何用狗屁学院派那种狗屁学术文章风格去表现？哦，哟哟哟，所以我说你们三审放他妈狗屁是不是没有一点错,老伙计!

　　土豪大佬我大舅方全老板,为了纠正和根治我舅舅方程教授生活作风问题而准备的丰富教材,就这样被后者一阵乱棒子打得七零八落不知从何说起了,他那一贯伏低做小、佯装低调的伪装一下子被扯破了,这个就像巴尔扎克一样粗壮的汉子原形毕露——他每当实在难遏冲天怒火时就会摘下手套狠狠地摔在桌子上——因为此时正是夏天他没有戴手套,他只好将自己的鹿皮手包狠狠地在茶几上掼了一下起身就往外走。我这个当外甥的花了不少工夫终于泡好了他那包昂贵的碧螺春,迷人的清香就像氤氲一样方才一缕缕弥漫开来,结果土豪大佬我大舅方全老板一口也没喝就穿着他的小立领褂子和内增高羊皮鞋走掉了,他出门时我还瞥见他眼眶里因气恼无处发泄而涌出的两团泪花闪闪放光。

很显然我舅舅方程教授又进入自己制造的那个世界之中,或者说他又开始书写关于巴尔扎克的著作了。他那种说话腔调有些怪异暴戾,明显与火热的现实生活格格不入,这说明他的魂魄已经进入由巴尔扎克率领魑魅魍魉翩翩起舞的特定情境里,他越是在那个世界里充满了活生生的感情,在现实生活中他就越显得僵硬和多余。他不再主动和我联系了,好像忘了他生活中的好多难题都是我给他解决的,好像忘了刀鱼和粉妮以及地锅鸡和苏红,忘了一扎一扎的美味啤酒。他的手机虽然没有关机,但就像座机一样他基本上听不见电话响了。我一开始并不知道他又被巴尔扎克的鬼魂蛊惑了，只以为他被大铁钉和避孕套这个铁丝网一样的绯闻缠绕住了，他找不到出口，就像被眼前的鬼打墙迷住的一个病人，其结果可想而知。我担心我舅舅方程教授会出意外，因为凡是特别痴迷于某种事物的人都是很容易出意外的，比如一走神就被疾驰的车辆撞得像一柄纸扇一样飘飞起来，或者被自己双脚拌蒜一个趔趄绊倒在地就此去了那边。所以，我这个药贩子只好每天一大早就把车开到他家附近停在那里，躲在暗蓝色车窗后边窥视，一旦出了意外我就会立即奔出去抢救他。

我舅舅家大门口与大河北岸之间有一条宽阔的马路，经过市政多年经营修筑，这条临河路风

113

景优美,道路两边是高大的杨树,春季里杨絮飘飘好似雪花让人厌烦至极,夏季里那两排高大的杨树成了晚鸟夜宿的集散地,凡是夜晚停在树下的车辆第二天都会落满稠密的灰白色鸟粪。我舅舅方程教授家的那辆俗称"子弹头"的红色别克车一直停在树下,这辆车自然是从我们市各种汽车经销商方全老板的 4S 店里购买的, 一开始就是我舅妈名下的财产,但不知为什么在分居等待离婚的这好几年里我舅妈没有把这辆车子开走,这么多年来一直停在那儿。一年一年的累累鸟粪使那辆已经看不出颜色的汽车就像早已废弃为专门承接鸟粪的一丑陋的铁块疙瘩了。在我舅舅和我舅妈离婚事件以前我还帮他们洗过两次车,才知道鸟类粪便就像燕窝一样,尽管绝对不会像燕窝那样富有营养,但绝对像燕窝一样具有高度的胶质黏性。那个身穿制服活像一棵树一样的女洗车工身高约有一米九五,她长着一对好看的小虎牙,在冲洗着肮脏的鸟粪之际,她居高临下地告诉了我这个隐秘的常识之后,非常愤怒地以男性的身份和思维痛骂鸟群中的雌性。

一般情况下我舅舅准在早上七点之前开门出来,他站在五个钉眼早就修得好像从来没有过的大门前,先是伸个长长的懒腰,呼出几口严重缺乏睡眠的口臭,再揉揉双眼,点上一支烟慢慢抽两口,这才右手夹着烟和左手一起按在屁股上晃动几下腰肢。在晃动的过程中他一定会逐渐昂起头慢悠悠张望路边高大的杨树,如果要是看到一只鸟或者一片在微小的晨风中飞旋着飘落的树叶,他就会停止晃动双手按在屁股上一直盯着这只小鸟飞走或者那片树叶落地。在夜晚和巴尔扎克的鬼魂疯狂搏斗了一场的我舅舅,基本上每天早上出来后都是这样子解乏和放松神经,样子寂寥而孤独。有时候我舅舅的街坊马茂谡和他老婆子赵月牙老奶奶一块儿遛鸟归来,他们会停下来打声招呼笑谈几句。马茂谡就是为我舅妈改名字的那名户籍警,他提前退休了,在一次和歹徒的搏斗中被砍刀砍掉了左手连同半截小臂,还剩下一条完整的胳膊和顽强的右手,这只幸运的右手凡事孤注一掷所以力大无穷。有一回一个夜偷被他右手钳住使出吃奶的力气也无法逃脱,只好乖乖随他去了派出所。我有一次嬉笑着试了一下,结果被他那只右手抓住之后,一种无法言表的疼痛叫人想死的心都有了。赵月牙老奶奶年轻时是那条街上的一枝花,到了这般年纪言谈话语间表情仍然像个小姑娘一样。马茂谡右手拎着那只活像黑老鸹一样的八哥眉眼活泛地走在前边,赵月牙老奶奶拎着一袋子从早市上新买的草莓跟在后边。每次遇到我舅舅,马茂谡就让那只长相不堪的八哥给我舅舅打招呼,月牙老奶奶就像个小姑娘一样甜甜地笑着说一声,早呀教授先生,走吧,到我家吃草莓去! 非常不幸的是,在一个月光明媚的晚上,月牙老奶奶在院子里看月亮,不想被路牙子绊了一跤,就去了那边。所以,后来我舅舅老是说,看看,美好的事情就是这么脆弱。

有时候我舅舅也会朝左边丁字路口那儿慢走几步,到了路口那儿他就停下来看会儿天天都会看到的一出小戏:一个鼻子、眼睛甚至屁眼里都会发出乞丐气味的老乞丐阻拦车流,帮助一只断腿鹅过马路。这个善行使得每辆车从车窗里递出五元或十元钱甚至百元大钞,老乞丐收了钱就会抢上几步把瘫在路面上的断腿鹅抱到路边,等到这一拨车辆驶过之后,这个老乞丐脸上带着一缕难以形容的奸笑再把那只断腿鹅抱到路中间。我舅舅后来说,老乞丐给鹅灌了药酒,用纱布和红药水把它装扮成一只断腿鹅。我自然不知道这个事情给了我舅舅什么样的快乐,但从他脸上露出了和那个老乞丐一样的一缕奸笑就可以看出他心里充满快乐。除了这件事情之外,有几天早上刚出大门我舅舅脸上就露出了这种奸笑,他就那么奸笑着双手按在屁股上晃动腰肢,就那么奸笑着观看飞鸟和落叶——他这种痴呆的奸笑，让我不禁猜想这时候的我舅舅一定是被巴尔扎克的某件事情逗笑的——好几次我舅舅一边喝啤酒一边讲说巴尔扎克一生都对金钱充满了痴迷。有一回在巴黎郊外皮特角城的小山旁散步时，游荡的大脑突然想到了圣多米各教团叛乱首领图森曾把一笔金银珠宝埋藏在巴黎郊外的旧闻，他想说不定就在自己散步的地方。他脑海里盘旋着这笔金银财宝，回到住所之后居然把遐想中的事情当作真实事件告诉了桑多，因为那段时间桑多这个"小鲜肉"因躲避男人婆乔治·桑而一直藏在他家里。桑多自从躲避乔治·桑以来手头一直紧张，有时候在巴尔扎克家里翻找一上午才找到个把铜壳子出去买块面包吃，所以，一听这个顿时信以

119

为真,并且马上找来了气势汹汹的戈蒂耶。这两个人都是巴尔扎克一生中最要好的朋友,也都是非同一般有才华的人,在巴尔扎克绘声绘色地讲述下全都神魂颠倒。于是,第二天凌晨四点半,这两个像巴尔扎克一样财迷心窍的家伙就带着铁锹和十字镐偷偷溜出城门,到达了巴尔扎克指定的地点开始挖掘……大上一当的戈蒂耶这位老兄后来在一篇名为《巴尔扎克》的文章里写道:他就是一个专门梦想金子河流以及钻石山红宝石之类的疯子。

　　我舅舅喝着一大扎啤酒兴高采烈地讲述这个事情时,他脸上的奸笑就像他看到那个老乞丐用装扮的断腿鹅行乞时的奸笑一样灿烂而诡秘。我就是在那段窥视时期发现我舅舅方程教授逐渐变成秃顶的。有一次他沿着路边多走了几步,路过那两排落满鸟粪的车辆时他还蹙着眉头哼哧了几下鼻子,然后高高仰起脑袋面向天空朝前走去,因此我看到他的头顶光光的,就像考古工作者用软毛刷子轻轻扫去浮土方才露出的一片白惨惨的陶罐表面。

一八五〇年八月十八日是个星期天,深夜十一点三十分,巴尔扎克离开了既是他生活的那个世界也是他创造的这个世界。众所周知,在韩斯卡夫人代笔写给老伙计戈蒂耶的那封信的末尾,巴尔扎克写下了人生在世的最后一行字:我既不能阅读也不能写作。但是,白发苍苍的大师雨果来看望逝去的巴尔扎克时,这头老雄狮没有看到巴尔扎克花了十八年时间方才与之结婚的韩斯卡夫人，只看到巴尔扎克的母亲和他至爱的妹妹洛尔分别站在逝者的床两旁低声抽泣，再就是由巴尔扎克那个怪异的挚友洛朗·扬里和他请来的欧仁·吉罗正在为巴尔扎克画着最后一幅彩粉画。欧仁·吉罗，这位本来一文不名的肖像画家正是因为给巴尔扎克留下了最后的画像而名传后世。一个脸色不满的老仆妇告诉雨果，巴尔扎克夫人正在另一个房间里补妆，她手上还戴着只有波兰名门贵族才能佩戴的戒指，五个月前韩斯卡夫人就是戴着这枚戒指在婚礼上与巴尔扎克行了新婚亲吻礼后变成巴尔扎克夫人的。平心而论，韩斯卡夫人就像她姐姐一样也是个绝世美人，不然的话巴尔扎克也不可能即便等了十八年也要和她结婚。韩斯卡夫人的姐姐卡罗琳娜离婚后和俄罗斯一位颇有权势的将军同居了十五年，其间还和密茨凯维奇包括普希金等等有名诗人保持着暧昧的密切关系。这些淡事也不晓得巴尔扎克生前是否知道。

星期天下午两点半左右，我舅舅方程教授终于把巴尔扎克写死了。死亡事件使这个秃头丧失了理智，他竟然连笔记本电脑都忽略了关上没有，就像一只没头苍蝇一样在每一个房间里窜来窜去团团乱转。终于，他停下来。他终于成功地给自己冲了一杯浓浓的咖啡——自从研究巴尔扎克以来，我舅舅这是第一次喝咖啡，还是我舅妈在竞选二夹弦剧团团长期间为振作渐次萎靡的精神而购买的咖啡，好几年了，剩下小半罐都坨成了坚实的一坨,就像因岁月的原因彻底固化的糖稀一样。我舅舅用剪刀和改锥甚至水果刀轮番上阵才凿出半杯粉末来。这杯浓咖啡也许正因为过期了才会发生难以预测的作用,我舅舅喝完咖啡就觉得自己的五脏六腑像快速排水一样一会儿就都给清空了,接着他又觉得肠胃里有一股冰凉的空气在急速地蠕动,就像他把巴尔扎克写死了,他自己的魂魄和血液以及各种肉体机能也随之渐次变凉流掉了一样。我舅舅坐在书桌前一边疑神疑鬼,一边静悄悄地浑身冒汗,不知不觉间他身上的那件价格昂贵的衬衫就变成湿漉漉的,好像炎热的夏天将一个鱼鳞袋子裹在汗津津的身上。根据以往出虚汗的经验,我舅舅打开热水器准备泡一个热水澡。因为没有我舅妈的日常清洁,卫生间里已经有些潦倒不堪,因为每年都要喷几次杀虫气雾剂,那种含义不明带有甜味的分子长久地凝固在天花板和贴了瓷砖的墙壁上,因此一年到头都有该死的蚊虫永远流连在卫生间里,还有不少罪大恶极的苍蝇不仅混了进来,而且有的干脆直接死在天花板和墙壁上。我舅舅方程教授心头充满了深深的厌恶,他下意识地挥挥手做了一个驱赶的手势,有的蚊虫嘤嘤飞舞了起来,有的几只脚都被粘在墙面上根本无力挣脱,那个情态真的很契合我舅舅此刻的情绪……当我舅舅赤条条躺在温度稍烫的浴缸里之后,这一切肮脏的事物都不在他眼里了,他隐隐觉得自己的神经和智慧就像温水泡豆芽一样缓慢地抬起头来。接着他的思维也逐渐苏醒过来。他首先想起和我舅妈一同在干净明亮的卫生间的浴缸里尽情嬉戏……他的脸色忽然变得温柔起来，早就萎缩如同废弃已久的"小老鼠"又像一头"小公牛"那样渐次振奋起来。当他的"小老鼠"终于变成愤怒的"小公牛"时，这个秃头竟然又无耻地不仅想起了瓦莱丽牌土耳其羊毛毯子，还想起其他几个曾经令他大为心动的S身形的女性，包括文旅局的女干部李瓶……他用手刚刚安抚了一下愤怒的"小公牛"，这时候，家里那个落满尘埃的座机如同突然遭到匕首刺中的魔鬼一样叫了起来。

我舅舅宛如一只落水的绵羊那样迫不及待地从浴缸里飞快地爬出来，他随手抄起一条花格浴巾胡乱搭在肩头，摇晃着"小公牛"快步冲向电话，他望着地板上留下的那一行潦草的湿漉漉水痕,有几分不耐烦,大声地说,大昌老伙计久等了,我马上就把最后一章发给你。

结果不是那个张大昌编辑而是读书会的大牛会长。

大牛会长先是很生气地批评我舅舅有一百年都没有参加读书会的活动了,接着又大度地说,尽管如此,读书会举行成立八周年纪念活动还是不能忘记曾为读书会做出重大贡献的方程教授,因此,今晚在"谯城七十二号"云竹林七贤堂举办的纪念活动筹备工作餐一定要请教授老兄参加,因为就餐中还要商讨一下活动内容以便做个计划,届时还请方老兄方程教授多多出谋划策共襄盛事。云云屁话之后,大牛又笑里藏刀一样笑嘻嘻地小声说,这次小聚只请一位女士,那就是文旅局新上任的李瓶局长。

我舅舅当然知道谯城七十二号是一家私家菜馆。那儿原本是清朝一个大官的府邸，如今改造得内部宽阔深远曲径通幽，大树好木遮天蔽日，环廊飞旋处即设有餐厅一处，云竹林七贤堂、魏武扬鞭堂、许褚演武堂等等二三十处，基本上也就是我们这座小城里许多有钱有闲的人士请客吃饭说事情的高消费场所。他们这里的饭菜价格昂贵实在出人意料，比如九宝粥、蒸鹅肝、牛蛙炖鸡腰之类的寻常菜肴要比外边的饭店贵出十五至三十元。这些菜肴之所以贵，除了烹饪方法独特之外，他们在很多菜肴上都撒了一层食用金粉，就像俄罗斯的一瓶伏特加里荡漾着十几片食用金箔。我这个见识肤浅的药贩子猜想贵就贵在

128

这儿,穿金戴银并不一定代表富有,吃金子才算有钱人的象征,凡是到这儿的有钱人肯定不在乎金子化成屁屁排入马桶里冲荡到虚无缥缈的远方。比如土豪大佬我大舅方全老板,他最喜欢在这儿请客吃饭,无论什么事情,只要与他的人生挨上一点边,他就会在这儿安排一场饭局,美酒佳肴,在大声喧哗中醉醺醺地把许多事情都解决了。

奔赴饭局一贯最爱磨蹭的我舅舅方程教授到达谯城七十二号时已经晚上六点半了。他本来想让我送他一趟的,可是巴尔扎克死于他手带来的悲伤让他忽略了我这个可以发挥老九职能的外甥。闲置很久很久的手机叫车功能还没有废掉,他叫到一辆浅灰色的车把他送到了地方。在希夷大道盖盛祥超市门口路边下了车,再朝巷子里步行八九十米就是久负盛名的谯城七十二号。门口高挑的灯笼早早地亮了,有两座高大的石狮子在灯影里显得又凶狠又贼兮兮的。我舅舅方程教授不由得止住了步子,因为他看到我舅妈正站在门右旁的石狮子边上打电话。在分居或者等待离婚的这么长时间里他们从未有过联系,可真是不可思议的事情,可这么不可思议的事情他们竟然不可思议地做到了。巴尔扎克健在时,我舅舅大脑里时刻充满了因果关系分明的思想,下午两点半巴尔扎克刚刚死掉了,我舅舅的思想变得毫无逻辑、漫无目的,他不知道该怎样处理这一段短短的距离。我舅妈穿着一件淡青色底散散落落地飘着几朵杏花的旗袍,她左手拿着一只白色兔皮手包,右手正在打电话,多年来在戏台上的作风和习惯使她拿手包的左手和打电话的右手都跷着兰花指,连她的站姿和双脚都是踏在莲花步子的起步上。我舅舅注意到我舅妈的左手上还戴着那枚他熟悉并遭他讥笑过无数次的绿宝石钻戒,他好像看到他母亲戴着这枚戒指站在大门口边打毛衣边等他放学回家的形象,好像看到了自己那蚱蜢或者蚂蟥一般自鸣得意的人生。我舅舅方程教授终于把巴尔扎克及其幽灵抛到了九霄云外,他就像一只受了莫名伤痛的狐狸只好自投罗网一样,一边叫着我舅妈的三个名字马小梅、马三毛、金妞,一边慢悠悠踱了过去。在迟缓的行进中,我舅舅忽地觉得他和我舅妈之间根本没有什么原则性的分歧,更谈不上仇恨和厌倦之类,至多就像很多夫妇分手一样的虚妄原因,不过是一些鸡毛蒜皮的小事积累成一股邪乎乎的冲天火气罢了。

没有人听到谯城七十二号门童那高亢而别具一格的迎客声,也没有人看到我舅舅和我舅妈是怎样走进大门的。谯城七十二号的老板要么是个十分抠门的吝啬鬼,要么是个别具情调的好心眼胖子……越往里走灯光越是稀疏暗淡,这样一来,就像电影里一样,人们看到了我舅舅和我舅妈不得不打开手机上的手电筒,就像捏着一只萤火虫一样,向更深更远更加光怪陆离的庭院深处走去。